Als sie sich aufrichtete,
sah sie direkt in das blaue
Augenpaar. Er lächelte nicht,
er sah sie nur an.

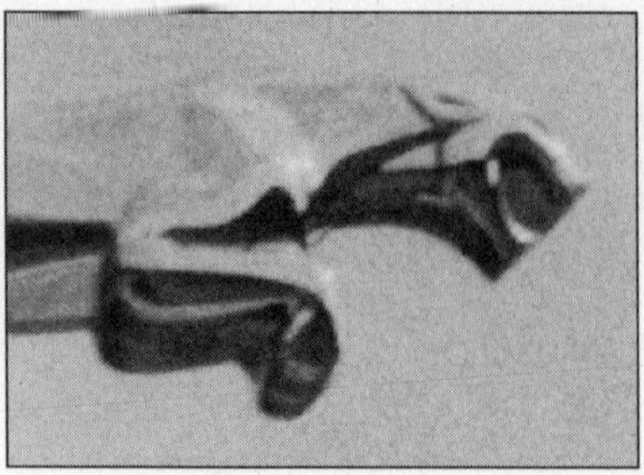

Sie brauchte nur Sekunden,
um auszuführen, was sie
die ganze Zeit über
im Schilde geführt hatte.
Heute lief wirklich alles wie
am Schnürchen. Wie die
perfekte Szenenabfolge eines
ausgeklügelten Drehbuchs.

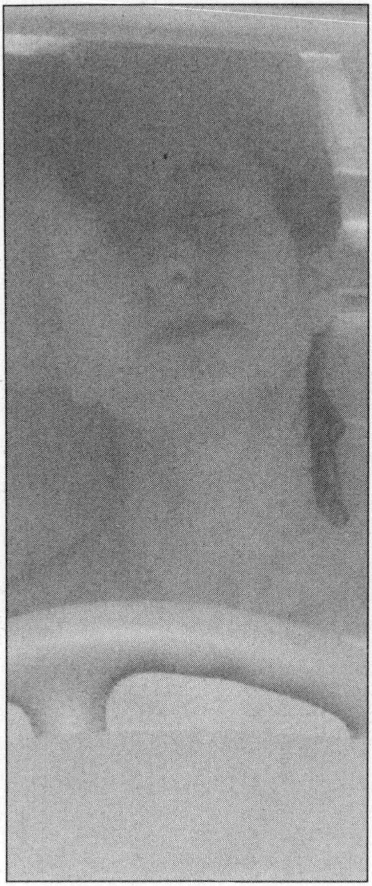

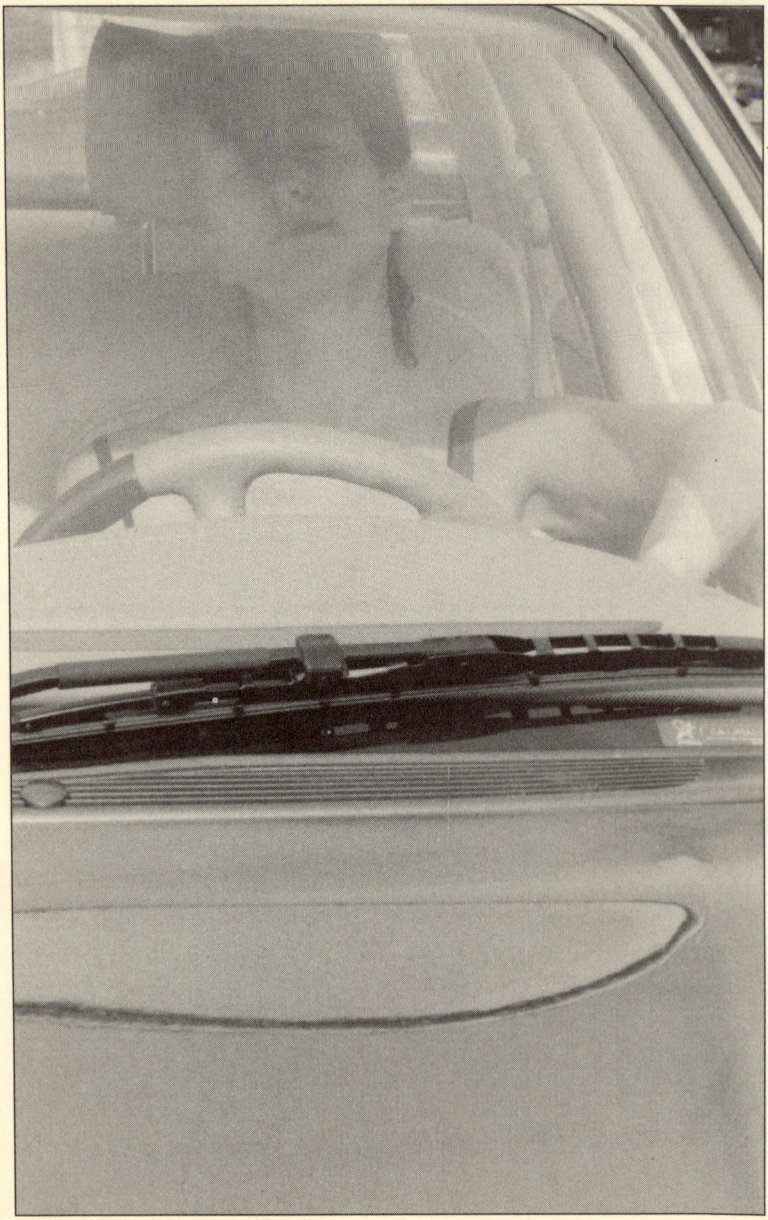

Jeanette Sanders

Die Jaguar-Lady

Roman

WUNDERLICH
TASCHENBUCH

Originalausgabe
Veröffentlicht im Rowohlt Taschenbuch Verlag GmbH,
Reinbek bei Hamburg, Mai 2000

Lektorat Sabine Lammers
Umschlaggestaltung Barbara Hanke
(Foto: Tony Stone Images/Tony Garcia)

Satz Berling PostScript (PageOne)
Gesamtherstellung Clausen & Bosse, Leck
Printed in Germany
ISBN 3 499 26252 5

Die Schreibweise entspricht den Regeln
der neuen Rechtschreibung.

1

Es war Montag, früher Nachmittag, und kaum Verkehr auf der Autobahn. Nivea trat aufs Gaspedal und warf einen Blick in den Rückspiegel. Sie scherte auf die linke Fahrspur aus und rauschte an dem Motorradfahrer vorbei. Der silbergraue Jaguar schnurrte wie ein Kätzchen, und Nivea lächelte stillvergnügt in sich hinein.

Aus den Augenwinkeln beobachtete sie, dass der Motorradfahrer auf seiner schweren Maschine den Kopf in ihre Richtung gedreht hatte. Durch das Visier seines Helms sah sie für Sekunden ein Paar strahlend blauer Augen. Nivea zog den Jaguar wieder nach rechts und bremste leicht. Nun war es das Motorrad, das seinerseits den Jaguar zu überholen versuchte. Sie trat wieder aufs Gaspedal – Motorrad und Jaguar lagen auf gleicher Höhe. Blicke flogen hin und her. In diesem Moment nahte von hinten ein Mercedes, der sofort die Lichthupe betätigte. Nivea ließ den Jaguar zurückfallen, Motorrad und Mercedes rauschten vorbei.

Wieder gab Nivea Gas, gerade so viel, dass der Motorradfahrer vor ihr war und sich kein anderer Wagen dazwischenschieben konnte. Genießerisch betrachtete sie sein knackiges Hinterteil in dem eng anliegenden schwarzen Lederanzug.

Nach etwa zehn Kilometern erschien das Schild mit dem Tankstellenzeichen. Wieder überholte Nivea. Sie setzte sofort den Blinker; sie wollte ihm Zeit geben, richtig zu reagieren. Er blinkte ebenfalls. Der Jaguar rollte sanft in die Abfahrt hinein, er folgte.

An der Zapfsäule hielt Nivea an, winkte dem freundlichen Tankwart zu, der sie mittlerweile vom Sehen kannte. Das Motorrad hielt auf der anderen Seite der Zapfsäulenreihe. Der Fahrer nahm den Helm ab, ein blonder Lockenkopf kam zum Vorschein. Das Gesicht war leicht gebräunt, eine Locke fiel ihm verwegen in die Stirn. Er mochte höchstens 25 sein.

Er starrte zu ihr herüber. Nivea öffnete die Fahrertür, schwang graziös herum. Der weiche Nappa-Mini rutschte noch ein Stückchen höher, gab ihre Beine in ihrer ganzen atemberaubenden Länge preis.

Der Tankwart war herbeigeeilt und hielt ihr die Tür auf. Nivea schenkte ihm ein strahlendes Lächeln, registrierte aber gleichzeitig den Blick, mit dem der Lockenkopf ihre Beine verschlang.

«Heute nur Scheiben waschen, bitte! Ach ja, und die Luft in den Reifen nachsehen ...»

«Sofort, gnädige Frau!»

Nivea bückte sich noch einmal in den Jaguar hinein und angelte nach ihrer Handtasche. Ihr Po ragte dabei aufreizend aus dem Wagen. Sie wusste um die Wirkung. Es war alles eingeübt, jede Bewegung saß, der leichte Hüftschwung ebenso wie das zufällige Hochrutschen des Lederminis, bis das schwarze Spitzenhöschen aufblitzte.

Als sie sich aufrichtete, sah sie direkt in das blaue Augenpaar. Sie erwiderte den Blick. Er lächelte nicht, sah sie nur an. Nivea verspürte Genugtuung und gleichzeitig die Feuchtigkeit zwischen ihren Schenkeln. Der Tankwart bearbeitete bereits diensteifrig die Windschutzscheibe des Jaguar, Nivea geizte nie mit Trinkgeld.

«Sie können selbst tanken, wenn Sie wollen!», rief der Tank-

wart dem Motorradfahrer zu, der noch immer neben seiner Maschine stand und Nivea anstarrte.
Wenig später glänzten die Wagenscheiben, der Luftdruck der Reifen war überprüft. Nivea drückte dem eifrigen Tankwart einen Schein in die Hand und stieg in den Jaguar. Sie registrierte Panik in den Augen des Lockenkopfs, der noch zahlen musste. Er befürchtete wohl, dass sie ihm währenddessen davonfuhr.
Sie lenkte den Jaguar in eine der Parkbuchten neben dem Häuschen mit den Toiletten. Sie schloss den Wagen ab und schlenderte zum Damenklo hinüber. Das Motorrad kam nun ebenfalls, hielt direkt neben dem Jaguar. Seinen Helm trug der Fahrer noch unterm Arm.
Nivea schlüpfte in das Häuschen, ließ die Tür aber einen Spaltbreit offen. Sie konnte beobachten, wie er bewundernd um den Jaguar strich. Dann gab er sich einen Ruck und verschwand hinter der Tür mit der Aufschrift «Herren».
Nivea huschte ins Freie. Sie brauchte nur Sekunden, um auszuführen, was sie die ganze Zeit über im Schilde geführt hatte. Schließlich verstand sie etwas davon, nicht umsonst hatte sie ihrem Vater, der eine Auto- und Motorradwerkstatt besaß, jahrelang auf die Finger geguckt und oft auch assistiert.
Das war allerdings lange vor ihrem Studium gewesen. Jetzt führte ihr Bruder Albin die Werkstatt, und Nivea hatte ihre Praxis.
Der Motorradfahrer kam in dem Moment aus dem Häuschen heraus, in dem Nivea den Jaguar gestartet hatte und gerade rückwärts aus der Parkbucht rangierte. Als sie Enttäuschung in seinen Augen lesen konnte, lächelte sie und winkte ihm kurz zu. Dann gab sie Gas.

Minuten später holte er sie ein. Sie ließ ihn vorbeiziehen, er fuhr jetzt vor ihr her. Nivea hatte keine Eile mehr. Er würde ihr nicht entgehen, da war sie sicher.

Sie lachte leise in sich hinein. Wenn ihr Vater sie jetzt so sehen könnte! Wenn er wüsste, was seine Tochter inzwischen so trieb mit dem technischen Know-how, das er ihr selbst beigebracht hatte!

Nivea bedauerte, dass der Alte tot war. Sie hätte ihm zu gern alles heimgezahlt, seine Macho-Allüren, die er vor allem an seiner Frau, Niveas Mutter, ausgelassen hatte. Seine ewigen Weibergeschichten. Aber das Töchterlein sollte natürlich am liebsten eine Heilige werden. Wie stolz der Alte gewesen war, als Nivea ihr Studium mit dem Doktortitel abgeschlossen hatte.

Drei Tage hatte er gesoffen, die halbe Nachbarschaft feierte mit. Nivea erfuhr davon erst hinterher und war ziemlich empört.

Im Grunde genommen waren diese Erlebnisse mit dem Alten vielleicht auch der Hauptanlass dafür, was Nivea heute in ihrem Privatleben trieb.

Nie hätte sie es fertig gebracht, sich einem Mann unterzuordnen! Lieber nahm sie sich, was sie brauchte, auf der Straße. Keine Adresse, keine Telefonnummer. Bei dem Jaguar handelte es sich um einen Leihwagen, so gab es keine Komplikationen. So liebte es Nivea.

Sie spürte wohlige Schauer in ihrem ganzen Körper. Sie fühlte die leichte Seide ihrer Bluse auf den Brüsten, ihre Brustwarzen waren hart und spannten.

Jetzt sah sie, dass der Motorradfahrer vor ihr Probleme mit seiner Maschine hatte. Sie drosselte das Tempo und lächelte zufrieden. Der Rastplatz kam wie gerufen. Er setzte den

Blinker, das schwere Motorrad ruckte bereits und stotterte, als er in die Abfahrt einschwenkte. Nivea folgte ihm.
Als sie neben ihm hielt, hatte er den Helm abgenommen. Sein Gesicht hellte sich auf, als er den Jaguar bemerkte.
«Irgendwas ist los, aber es ist mir schleierhaft, was», er grinste verlegen.
Nivea nickte. «Steig ein», forderte sie ihn auf, «kein Grund, sich aufzuregen. Ich habe ein Autotelefon, du kannst den Pannendienst oder eine Werkstatt anrufen.»
Als er neben ihr auf dem Beifahrersitz saß, schmunzelte sie zufrieden in sich hinein. Heute lief wirklich alles wie am Schnürchen! Wie die perfekte Szenenabfolge eines ausgeklügelten Drehbuchs. Kein Regisseur der Welt wäre in der Lage, die Story passgenauer zurechtzuzimmern …
«Da freut sich offenbar jemand, mich zu sehen! Wie schmeichelhaft …», sagte Nivea leise und strich mit einer Hand wie zufällig über die Ausbuchtung seiner Hose.
Der Junge stöhnte auf und hielt ihre Hand fest. Dann beugte er sich herüber und presste seinen Mund auf ihre halb geöffneten Lippen.
Nivea tastete nach dem Knopf, der die Sitzlehnen automatisch nach hinten sinken ließ. Seine Hand wanderte derweil an ihrem Oberschenkel hoch unter den Mini. Sie öffnete die Beine ein wenig und stöhnte. Erstens, weil ihr durchaus danach war, und zweitens, um ihm weiter Mut zu machen.
Er küsste sie noch immer. Sie fuhr mit beiden Händen in seine blonden Locken, schob dann seinen Kopf von ihrem Gesicht weg, hinunter, bis dorthin, wo sie ihn haben wollte. Er verstand sofort und ließ sich willig von ihr leiten. Mit einem Ruck zog er ihr den Slip herunter.

Zum Glück war der Jaguar innen so geräumig. Aber natürlich wusste Nivea auch in diesem Falle ganz genau, warum sie gerade diese Wahl getroffen hatte. Bei einem Lebenswandel wie dem ihren durfte man einfach nichts dem Zufall überlassen! Ganz davon abgesehen, dass Nivea eine Schwäche für alles Schöne hatte. Wobei es nicht weiter darauf ankam, ob es sich um Menschen, Kunst, Möbel, Kleidung oder eben Autos drehte.

Als die Zunge des Jungen sie jetzt zu liebkosen begann, dabei sanft mit ihrer Liebesperle spielte, entfuhr Nivea ein Schrei. Sie begann, sich zu winden; die Zunge kreiselte, leckte, spielte, bis Nivea von einer Lustwelle erfasst wurde, die sie mit sich fortzureißen drohte.

Mit Mühe und Not gelang es ihr, eines der Präservative aus dem Handschuhfach zu angeln, die sie dort heute Morgen beim Aufbruch deponiert hatte. Mit ein, zwei geübten Handbewegungen rollte Nivea ihm den Gummi über. Sie lehnte sich zurück, spreizte die Beine und zog ihn auf sich. Er drang in sie ein, sie schloss die Augen und überließ sich ganz der bebenden Lust, die über sie hereinbrach wie eine Lawine.

«Himmel», seufzte sie hinterher zufrieden, «du warst wirklich großartig!»

«Du hast mich schon auf der Autobahn scharf gemacht», er lachte trocken auf, «aber das weißt du ja.»

Nivea klappte die eingebaute Minibar auf. «Magst du jetzt einen Drink?»

Er nickte, sah ihr mit großen Augen schweigend zu. Wie ein Junge, dachte sie versonnen, und im Grunde ist er das ja noch, ein großer Junge, allerdings mit einer beachtlichen Ausdauer.

Wie im Übrigen beinahe alle Motorradfahrer, überlegte Nivea weiter. Sie wusste das mittlerweile aus eigener Erfahrung. Vielleicht lag es auch nur daran, weil die meisten Kerle, die eine solche Maschine fuhren, noch ziemlich jung waren. Ab einem bestimmten Alter – spätestens so um die fünfunddreißig herum – stiegen fast alle auf bequeme große Wagen um. Und für Quickies im Auto waren sie dann auch nicht mehr so zu haben. Französische Betten taten den Bandscheiben eben entschieden wohler.

Für Niveas Zwecke waren die Herren ab diesem Zeitpunkt dann nicht mehr zu gebrauchen! Nivea mochte wirklich keine Komplikationen. Darum machte sie auch lieber regelrecht Jagd auf die Motorradfahrer auf der Autobahn, wenn ihr wieder einmal der Sinn danach war.

Die kleinen notwendigen Manipulationen an den Maschinen kosteten sie mittlerweile nur Sekunden, sie besaß Übung – dank Papas guter Ausbildung …

«Ich kenne da eine prima Werkstatt!», sagte Nivea später, nachdem sie seine Fähigkeiten noch einmal ausgiebig getestet hatte. Sie rollte sich von ihm herunter: «Ich rufe für dich dort an!» Er nickte nur erschöpft.

Sie kannte die Nummer auswendig. Ihr Bruder meldete sich sofort. Eigentlich war Albin ja dasselbe Kaliber Mann, wie ihr Vater es gewesen war. Aber die Werkstatt lief nicht mehr allzu gut, das wusste Nivea, und ihr taten ihre Schwägerin Marion und die beiden Mädchen, Sarah und Ruth, Leid. Sollte Albin also ruhig jedes Mal die paar Mark fürs Abschleppen und für die Reparatur einstecken. Solange er keine dummen Fragen stellte.

2

Dr. NIVEA CREMER
Diplom-Psychologin / Psychotherapeutin
Sprechstunden:
Dienstag – Freitag 11–20 Uhr
Samstagvormittag nach Vereinbarung

Dienstagvormittag kurz nach 10 – meine Arbeitswoche hatte begonnen. Voller Energie ließ ich mich in den bequemen Leder-Drehsessel hinter meinem ausladenden Schreibtisch plumpsen. Anna, Sekretärin und gute Seele der Praxis, hatte bereits die Akte des ersten Klienten für heute bereitgelegt. Ich warf einen kurzen Blick darauf – Willi Mayer, stand da in Annas steiler Schönschrift auf dem Umschlag. Meiner Brust entrang sich ein leiser Stoßseufzer. Ich schwang herum und schaltete den Monitor des Computers ein. Ein Mausklick und *Mayer, Willi* erschien auf dem Bildschirm. Darunter meine Kurznotizen zur letzten Therapiestunde, die ich der Akte Willi Mayer nicht anvertrauen mochte. Und die jedes Mal nach einer Gesprächsrunde gelöscht und aktualisiert wurden. Schließlich musste ich bei jedem Klienten an die letzte Stunde nahtlos anknüpfen können.

Anna streckte den Kopf durch die Tür. «Kaffee?»

«Heute lieber Tee. Ich habe noch Herzklopfen von gestern», wehrte ich ab.

Anna grinste. «Schönen Tag gehabt?»
«Mhm. Aber vor allem kommt in einer halben Stunde Willi Mayer. Bei dem kriege ich jedes Mal Herzrhythmusstörungen.»
Jetzt lachte Anna glucksend. «Hätte nicht gedacht, dass er dein Typ ist, Nivea.»
Ich guckte sie strafend an. «Ist er auch nicht, wo denkst du hin! Er treibt mich bloß irgendwann in den Wahnsinn, wenn ich nicht höllisch aufpasse. Willi Mayer hat die Fähigkeit, seine Spleens so überzeugend darzustellen, dass ich hinterher tatsächlich immer öfter glaube, *ich* hätte ein Problem und er sei völlig okay.»
«Ist das nicht eine Berufskrankheit aller Psychologen?», fragte Anna mit einem harmlosen Gesichtsausdruck.
«Jetzt aber raus hier!» Kichernd entfloh Anna. Fünf Minuten später hatte ich eine große Kanne heißen, duftenden Früchtetees vor mir auf der Schreibtischplatte stehen.
Das Telefon klingelte.
«Nivea, hier ist Molly», hallte es mir aus dem Hörer entgegen, ehe ich mich überhaupt gemeldet hatte.
Der aufgeregten Stimmlage nach zu urteilen, musste sich meine Freundin Miriam Stecher, die sich selbst Molly nannte (und von allen Freunden und Gästen auch so genannt wurde, denn der Name passte zu ihr), in einer misslichen Lage befinden. Molly war normalerweise die Ruhe und Ausgeglichenheit in Person. Sie besaß viel Humor und durch ihren Job als Kneipenwirtin auch jede Menge Lebenserfahrung. Molly brachte unter normalen Umständen nichts so leicht aus der Fassung. Ich warf einen kurzen, prüfenden Blick auf die Uhr – noch fünfzehn Minuten, bis Willi Mayer hier auftauchen würde.

«Wo brennt's denn, Moll?»
«Dieser Mistkerl», tobte Molly los, «zu Hamburgern sollte man ihn verarbeiten!» (Molly sagte «Hämbörgern», meinte also Hackfleischkuchen amerikanischer Geschmacksrichtung – und nicht etwa eine bestimmte Sorte Großstädter. Nur so viel zur Erklärung, um etwaigen Missverständnissen vorzubeugen! Molly war eben mit Leib und Seele Kneipenwirtin. Bei ihr und ihrem Bruder Bobby (Robert) gab es die besten Hämbörger auf der nördlichen Halbkugel …)
«Pfui», witzelte ich, «dann esse ich vorsichtshalber in der nächsten Zeit nur noch Pfannkuchen bei euch. Oder die Gemüse-Quiche.»
Molly ignorierte meine Lästerzunge. Normalerweise war sie wirklich für jeden Spaß zu haben, mit ihr konnte man über alles kalauern. Es musste sich tatsächlich ein Drama abgespielt haben.
«Schieß endlich los!», forderte ich sie auf.
«Weißt du, was er hinterher zu mir gesagt hat?»
«Keine Ahnung», sagte ich wahrheitsgemäß.
«Er hat gesagt …» Hier brach Molly die Stimme. Ich hörte geduldig zu, wie sie sich räusperte, ehe sie fortfahren konnte: «Er hat gesagt, er wollte nur mal wissen, wie es mit einer Dicken ist!»
«Arschloch in Kingsize-Version, würde ich sagen», entfuhr es mir, «und über so was regst du dich auf? Moll, was ist los mit dir? Ich meine, bist du verknallt in den Kerl, oder was? Und wer ist er überhaupt?»
Molly schniefte. «Er kam vor einer Woche oder so zum ersten Mal. Stellte sich an die Theke, trank zwei Bier, redete mit niemandem, guckte sich nur die Leute an. Er heißt Henry, aber das ist eigentlich nicht so wichtig.»

«Also gut, er heißt Henry, und er ist ein Arschloch. Und was weiter?», beharrte ich.
«Ich weiß seinen Nachnamen nicht, und heute Morgen ist er außerdem für ein Jahr nach Miami abgeflogen. Ohne wenigstens noch mal anzurufen. Er ist angeblich in der Sportartikel-Branche. Spezialgebiet Surfbretter.»
«Aha, wie aufregend! Ich schlage vor, du vergisst den Kerl einfach und legst ihn unter Lebenserfahrungen allgemeiner Art ab.»
«Ach, Nivea», seufzte Molly hörbar grämlich, «irgendwie ist plötzlich alle Luft aus mir raus. Ich fühle mich so richtig kläglich. Dick, dumm und hässlich!»
Meine innere Alarmglocke schrillte. Wozu war ich schließlich Psychologin? Hier war ich nicht nur als Freundin, sondern auch fachlich gefordert! Molly schien diesmal ein echtes Problem zu haben.
«Hältst du bis heute Abend durch, Moll?», erkundigte ich mich vorsichtig. «In fünf Minuten kommt nämlich schon mein erster Klient.»
«Sicher.» Mollys Stimme klang plötzlich wieder klar und hell. «Eigentlich hatte ich auch deswegen gar nicht angerufen. Ich wollte nämlich fragen, ob du heute Abend an der Bar aushelfen könntest. Bobby muss zu einer Versammlung des Tierschutzvereins, scheint wirklich wichtig für ihn zu sein.»
«Klar. Ich bin dann so gegen halb neun da. Und wegen Henry unterhalten wir uns nach der Sperrstunde weiter. Okay?»
«Okay! Obwohl, ich glaube, an den Mistkerl verschwende ich wirklich am besten keinen Gedanken mehr. Und erst recht keine kostbare Gesprächszeit mit meiner besten Freundin.»

Ich schmunzelte geschmeichelt in mich hinein und legte beruhigt den Hörer auf. Molly hatte das rettende Ufer erreicht. Das sagte mir meine Berufserfahrung. Und was diesen Henry anging – kastrieren sollte man den Kerl. So einem sollte ich mal auf der Autobahn begegnen ... Einen Moment lang dachte ich zurück an mein gestriges Abenteuer mit dem Lockenkopf. Ich schloss die Augen und ließ noch einmal einzelne Bilder wie in einem Kinofilm an mir vorüberziehen. Der Kleine würde auf alle Fälle einen Eintrag kriegen in Nivea Cremers *Geheimem Erotischem Tagebuch*, so viel stand jetzt schon fest. Ein besonderes Zuckerstückchen war er gewesen, dieser Motorrad-Beau mit seinem Knackpo!

Und wie beruhigend es doch war, überlegte ich weiter, dass ich ihn wohl kaum jemals im Leben wieder sehen würde. Kummer und Frust einer festen Beziehung würden mir erspart bleiben. Ebenso das unausweichliche allmähliche Abbröckeln der schönen äußeren Fassade; der Hickhack der täglichen Kleinkrämerei.

Ich musste unwillkürlich an meine Mutter denken. Mein Vater war auch so ein gut aussehender charismatischer Typ gewesen, und wie hatte sie unter ihm leiden müssen. Er hatte sich schlicht und ergreifend als nicht alltagstauglich erwiesen. Nicht zum Zusammenleben geeignet. Den Kopf ständig in den Wolken, jagte er grundsätzlich unerfüllbaren Wunschträumen nach. Seinen Frust darüber, stets immer wieder zurück auf den harten Boden der Realität geschleudert zu werden, ließ er dann an der Familie aus.

Ihm hatte ich es auch zu verdanken, dass ich in der Schule ständigen Hänseleien ausgesetzt war. NIVEA CREME riefen sie mich. Wer sonst, wenn nicht mein Vater, konnte auf die hirnrissige Idee kommen, als Träger des Familiennamens

Cremer bloß darauf zu lauern, bis ihm eine Tochter geboren wurde, die er dann prompt auf NIVEA taufen ließ. Er amüsierte sich jedenfalls köstlich über meinen Spitznamen, der ihn ständig daran erinnerte, welch kreatives Potential doch in ihm steckte. Ich hingegen brauchte viele Jahre, ehe ich in der Lage war, mich mit meinem Namen auszusöhnen und ihn schließlich sogar hübsch zu finden. Selbst meine Berufswahl war eigentlich eine direkte Folge der seelischen Pein meiner Jugendjahre.

Es klopfte an der Tür, dann streckte Anna auch schon den Kopf herein.

«Herr Mayer ist jetzt hier», verkündete sie förmlich.

Da wusste ich, dass er direkt hinter ihr stehen musste. Bereit, sich auf meine Couch zu stürzen. Er würde sich wundern. Heute war ich fest entschlossen, ihn vor meinem Schreibtisch auf dem Ledersessel zu platzieren – schau mir in die Augen, Kleiner!

«Gut. Er soll gleich hereinkommen … Ah, Herr Mayer, ich grüße Sie! Nehmen Sie doch heute bitte hier auf dem Stuhl mir gegenüber Platz. Vielen Dank.»

Mein verbindliches Lächeln zwang ihn in die Knie. Gehorsam plumpste Willi Mayer, 52-jähriger, gut betuchter Inhaber einer Autoverleih-Kette mit Filialen auf Mallorca und Ibiza, in den Sessel vor meinem Schreibtisch. Ich konnte von meiner erhöhten Warte aus ein wenig auf ihn heruntersehen. Queen-Mum während der Privataudienz! Mal sehen, wie er auf diese für ihn ungewohnte Situation reagieren würde …

«Wie geht es Ihnen, Herr Mayer?» – meine übliche Anfangsfloskel. Ich war selbst immer wieder überrascht davon, wie diese einfache Frage bei den meisten meiner Klienten sofort alle Schleusen öffnete. Diejenigen, bei denen sie diese Wirkung nicht hervorrief, gehörten zur verstockten Sorte.

«Bescheiden», sagte Willi Mayer. Seine Mundwinkel fielen nach unten. Ich beäugte ihn schweigend, hob nur fragend die linke Augenbraue. Notierte dann mittels eines weichen Bleistifts ein Kurzzeichen auf dem Blatt Papier, das vor mir auf dem Schreibtisch lag. Willi Mayers Augen folgten wie gebannt meiner Handbewegung.

«Ist etwas vorgefallen?», hakte ich in sanftem Tonfall nach.

«Wie man's nimmt» – er zupfte ein Fusselchen von seinem dunkelblauen Sakko, sein volles Gesicht mit den Hängebacken rötete sich –, «dieses kleine Hotel im Schwarzwald, ich hatte Ihnen schon davon erzählt. Wo alle Zimmer im selben kackbraunen Stil eingerichtet sind und kein einziges Bild an irgendeiner Wand hängt –» Er brach ab, starrte mir eine Sekunde in die Augen. Ich nickte zustimmend, er nahm den Faden wieder auf: «Vor ein paar Tagen musste ich wieder einmal eine Nacht dort verbringen. Ich habe es nicht mehr ausgehalten und bin losgezogen, habe einen billigen Druck in einer kleinen Galerie erstanden und das Bild in meinem Hotelzimmer aufgehängt. Bei meiner Abreise habe ich es hängen lassen. Es machte den Raum nicht viel schöner, brachte aber dennoch eine gewisse wohnliche Atmosphäre hinein ...» – er räusperte sich – «... wenn Sie verstehen, was ich meine.»

Kurzes zustimmendes Nicken meinerseits. «Eine nette Geste von Ihnen», lobte ich, «vielleicht bringt das die Hotelbesitzer auf die Idee, demnächst alle Zimmer etwas aufzupeppen.»

Er zuckte mit den Schultern. «Kann sein, kann aber auch nicht sein. Ich werde jedenfalls keine Gelegenheit mehr haben, das zu überprüfen. In dem Haus möchte ich mich nämlich nicht mehr blicken lassen.»
«Aber warum denn nicht? Es liegt doch so günstig zu Ihrer Filiale in dem Ort, wie Sie mir einmal erzählten. Keine zehn Minuten zu laufen.»
Er nickte kläglich und blies seine Hamsterbacken auf. Dann sagte Willi Mayer leise: «Ich schäme mich, ganz einfach!»
«Aber wofür schämen Sie sich denn dabei?»
«Die Geschichte ist noch nicht zu Ende!», nervös knetete er an seinen Fingern herum, ließ dabei die Gelenke knacken. Ich zuckte unwillkürlich zusammen. Am liebsten hätte ich ihn angefahren, das sein zu lassen, aber das ging natürlich nicht.
«Letztes Wochenende», nahm er den Faden wieder auf – knack, knack machte erst der Zeige-, dann der Mittelfinger seiner linken Hand –, «war ich in Frankfurt am Main. Im Maritim. Bei der Abreise packte ich ein großes Badelaken, einen Bademantel und einen Aschenbecher des Hotels mit in meinen Koffer. Außerdem habe ich die halb leere Whisky-Flasche aus der Minibar mit schwarzem Tee aufgefüllt» – knack, knack, machten Ring- und Kleiner Finger –, «was den Tatbestand des Betrugs erfüllt.»
Willi Mayer starrte betreten zu Boden, wich meinem Blick aus. Ich sagte nichts, wartete einfach ab, bis er sich wieder einigermaßen gefangen hatte. Nach guten fünf Minuten war es dann endlich so weit: «Man stelle sich das einmal vor! Ich, der erfolgreiche Geschäftsmann, klaue und betrüge in Hotels. Es ist wie ein innerer Zwang, ich kann einfach nichts gegen den Drang unternehmen. Hinterher ist es

mir peinlich, außerdem stehe ich jedes Mal beim Auschecken Höllenängste aus, jemand vom Personal könnte mich auffordern, mein Gepäck zu öffnen. Erst nach zwei, drei Wochen lässt dann dieses innerliche beklommene Gefühl nach, man könnte mir noch auf die Schliche kommen. Und erst nach mehreren Monaten ist es mir dann wieder möglich, im selben Hotel abzusteigen» – er brach ab. Knack, knack, machten jetzt Zeige- und Mittelfinger der rechten Hand. Er starrte dabei auf seine Füße hinunter, die in sündhaft teuren italienischen Lederschuhen steckten.

«Aber im Falle des Bildes in jenem Hotel im Schwarzwald haben Sie doch eine gute Tat vollbracht», gab ich vorsichtig zu bedenken, «warum dann auch hier dieses Schamgefühl? Das verstehe ich nicht. Können Sie mir das bitte erklären?»

«Das Schlimme dabei ist, dass ich sicher davon ausgehen muss, dass der Hotelbesitzer ganz genau weiß, wer den Druck dort aufgehängt hat», sagte Willi Mayer, «hier kann ich nicht einmal auf die Anonymität der großen Hotelketten hoffen, hinter der ich mich sonst verstecke.»

«Hm, verstehe», ich lächelte ihm aufmunternd zu, denn er hockte wirklich wie ein Häufchen Elend in seinem Sessel, «dann lassen Sie es eben in Zukunft einfach sein, dieses Klauen und Betrügen und Bilderaufhängen in Hotelzimmern! Wenn Sie der Drang danach heimsucht, denken Sie intensiv an Ihre hinterher sicher auftretenden Scham- und Schuldgefühle. Und sagen Sie laut zu sich selbst: ‹Ich habe es nicht nötig, zu klauen und zu betrügen. Es geht mir gut! Ich fühle mich wohl in meiner Haut!› Anschließend packen Sie ruhig und ohne übertriebene Hast ihre eigenen Sachen fertig – und zwar nur diese! – und verlassen Zimmer und Hotel. Vorher bezahlen Sie an der Rezeption die Getränke, die Sie der Minibar entnommen haben. Und die Sie sich auf einem Zettel notiert hatten. Sie sind ein erwachsener intelligenter Mensch, Herr Mayer, Sie schaffen das!»

Er straffte sich, sah mir in die Augen. «Klingt umwerfend einfach, aber …»

«Kein Aber», unterbrach ich ihn streng, «es ist tatsächlich so einfach! Es ist immer so einfach. Sie werden sehen. Sie müssen es nur wollen, wirklich wollen, aus tiefster, innerster Seele wollen. Tun Sie das denn, Herr Mayer?» Ich sah ihm tief und fragend in die hellgrauen Pupillen.

«Ja, das tue ich!» Er warf sich richtiggehend in die Brust.

«Na, dann ist ja alles in Ordnung», erklärte ich freundlich, «wir sehen uns dann heute in einer Woche wieder, zur selben Uhrzeit.»

«Nächste Woche bin ich auf Mallorca.»

«Gut, dann in zwei Wochen.»

Ich erhob mich und reichte ihm über den Schreibtisch hinweg die Hand. Sein Händedruck war kurz und kräftig. Willi Mayer hatte sich wieder in der Gewalt.

Ich ging um den Schreibtisch herum, um ihn zur Tür zu begleiten. Jovial-väterlich legte er eine Hand auf meine Schulter: «Na, wieder mal mit dem Jaguar eine Spritztour gemacht?» Er grinste wie ein Schuljunge von einem Ohr zum anderen: «Ist schon ein feines Autochen, was?»

Ich nickte. «Deswegen gönne ich mir das Vergnügen von Zeit zu Zeit. Beim Fahren kann ich besonders gut nachdenken und mich gleichzeitig entspannen. Der Motor schnurrt nur leise wie ein Kätzchen dazu. Sehr beruhigend, das Ganze. Ich bin Ihnen wirklich sehr verbunden für die güns-

tige Tagesprämie. Immerhin handelt es sich ja auch um Ihren Privatwagen.»
«Ach was», er lachte dröhnend, «Ich bin schließlich Autoverleiher von Beruf. Außerdem weiß ich den Jaguar bei Ihnen in den allerbesten Händen, Frau Doktor. Und wenn ich auf Mallorca oder Ibiza bin, steht der Wagen hier sowieso bloß herum. Greifen Sie also ruhig zu und nutzen Sie diese Gelegenheiten.»
«Danke, das werde ich von Zeit zu Zeit gerne tun.»

Ich kehrte an meinen Schreibtisch zurück. Aktualisierte im Computer die Notizen unter *Mayer, Willi* und warf dann noch einen Blick in seine Kartei. Ich blätterte ein wenig darin herum und fand schließlich das Blatt, nach dem ich gesucht hatte.
Willi Mayer am 19. Februar (erste Therapiestunde): «Eigentlich bin ich nur wegen eines Missverständnisses auf der Welt. Meinen Vater habe ich nie kennen gelernt, er war amerikanischer Besatzungssoldat. Meine Mutter war Deutsche, aus Düsseldorf. Sie hat mir die Geschichte erzählt. Demnach war es wohl so, dass sie dem attraktiven GI beim Tanzen erlaubte, sie zu küssen. Was sie damals nicht wusste, war, dass die Mentalität in den USA eine andere ist als in Europa. Für einen Amerikaner bedeutet die Tatsache, dass ein Mädchen sich von ihm küssen lässt, automatisch, dass sie auch bereit ist, mit ihm ins Bett zu steigen. Mein späterer Vater ging also nach dem Tanzabend prompt in die Vollen. Er überrumpelte meine noch unerfahrene Mutter völlig. Entjungferte die erst Neunzehnjährige und zeugte mich dabei. Drei Wochen später wurde er in die Staaten zurückbeordert. Zu dem Zeitpunkt dämmerte meiner armen Mut-

ter erst allmählich, was er ihr tatsächlich angetan hatte. Bis sie sich ihrer Sache ganz sicher war, war er längst zurück in Kansas. Er ließ nie wieder von sich hören. Meine Mutter wollte mich wenigstens nach ihm benennen – William. Aber meine Großmutter setzte ihr so lange zu, bis sie sich mit Willi zufrieden gab. Das klang typisch deutsch und damit unverdächtig. Brauchte schließlich niemand zu wissen, woher mein Erzeuger stammte. Mayer blieb mir auch, weil meine Mutter so hieß und ich ja schließlich keinen offiziellen Vater hatte. Willi Mayer! Ich habe diesen Namen zeitlebens gehasst. Aber als Zufallsprodukt eines fast schon klassischen Missverständnisses konnte ich wohl nichts anderes erwarten. Manchmal fühle ich mich wie ein absolutes Nichts. Dann packt mich der unwiderstehliche Drang, irgendetwas Ausgefallenes, Verrücktes, vielleicht sogar Gefährliches oder Verbotenes zu tun. Bloß um Aufmerksamkeit zu erregen. Irgendeine Art von Spur zu hinterlassen. Es ist mir zwar gelungen, im Geschäftsleben sicher Fuß zu fassen und eine Menge Geld zu machen, aber glücklicher bin ich dadurch auch nicht geworden. Höchstens selbstsicherer. Und Willi Mayer heiße ich schließlich auch immer noch.»

So weit Willi Mayer im Originalton! Ich hatte ihn damals gebeten, einige Worte über sich selbst, seinen Charakter, seine Einstellungen, zu Papier zu bringen. Dies war es, was dabei herausgekommen war. Schlagartig wurde mir klar, dass im Fall Willi Mayer noch ein hartes Stück Arbeit vor mir lag. Allerdings saß ich, solange er mein Klient war, damit auch an der Quelle, was den silbergrauen Jaguar anging. Was Willi Mayer wohl sagen würde, wenn er wüsste, was ich mit und in seinem silberfarbenen Luxusschlitten ab und an so trieb …?

Hastig schloss ich seine Kartei für heute und warf einen Blick auf meinen weiteren Stundenplan.
Erleichtert stellte ich fest, dass die anderen Klienten heute allesamt zu den eher leichten Fällen zählten. Mir würde also genügend Energie übrig bleiben, um meinen Aushilfsjob hinter der Bar in «Mollys und Bobbys Kneipe» zu meistern. Ich begann, mich auf die Abwechslung zu meinem Praxisalltag zu freuen. Als Bardame stand man nämlich automatisch mitten im prallen Leben, ob man wollte oder nicht …

3 Molly segelte gerade aus der Küche, als ich gegen 20 Uhr 30 ein wenig atemlos in der Kneipe einlief. Auf einem riesigen Tablett schleppte sie mehrere Portionen riesiger Hämbörger auf Salat zu einem vollbesetzten Tisch in der Ecke neben der Tür. Sie zwinkerte mir kurz zu: «Hinten in der Küche steht auch einer für dich, Mäuschen. Iss erst mal, damit du nicht aus den Latschen kippst. Bobby muss erst so in zwanzig Minuten los.»

Ich nickte und sah ihr nach. Mit welcher Grazie diese Frau ihre immerhin Kleidergröße 54 durch Raum und Zeit bewegte! Selbstbewusst und verdammt weiblich wirkte sie, die gute Molly. Rundungen genau an den richtigen Stellen, eine Taille, wenn auch keine in Wespenformat. Aber was machte das schon! Mollys Dekolleté war außerdem eine Pracht. Zum Glück trug sie keine figurverhüllenden Kartoffelsäcke, sondern eng anliegende Bodys oder Blusen mit tiefem V-Ausschnitt. Ihre Haut war glatt und rosig. Ohne jeden Makel. Die Natur hatte es eigentlich gar nicht so schlecht gemeint mit Miriam Stecher, dachte ich unwillkürlich. Über einen Laufsteg würde sie vermutlich niemals geschickt werden, aber sie sah gut aus und hatte eine sinnliche Ausstrahlung. Zumindest für jemanden, der dafür eine Antenne besaß.

Ich erspähte erst jetzt Bobby, Mollys um ein einziges Jährchen jüngeren Bruder, der hinter der Theke stand und eifrig am Mixen war. Bobby winkte mir zu. Ich schlenderte rüber zu ihm an den Tresen.

«Hi, Nivea, schön, dass du heute einspringst», begrüßte er mich. Er besaß die gleichen grünblauen Augen wie seine Schwester. Auch sonst sah Bobby Molly verflixt ähnlich. Auch er hatte blondes, kräftiges Haar, das er in einer Art Bürstenschnitt streichholzkurz trug. Mollys Wallemähne hingegen reichte bis über die Schultern. Auch figürlich stand Bobby der Schwester in nichts nach. Dafür war er beinahe noch gut – und vor allem sanftmütiger als Molly, die schon mal überschäumen konnte. Bobby hätte es niemals fertig gebracht, auch nur einer Küchenschabe etwas anzutun. Nicht umsonst engagierte er sich im Tierschutzverein. Neben dem Kneipendienst am Abend half Bobby untertags einem Freund in dessen Tierschule mit angeschlossener Zoohandlung aus. Der Freund richtete neben dem Verkauf vor allem Papageien und Zwergäffchen, aber auch mal eine Boa oder eine Ziege und natürlich Hunde, Katzen und Meerschweinchen für Filmdrehs ab. Selbst bekannte Regisseure guckten zuerst bei Bruno rein, wenn sie einen tierischen Darsteller brauchten.

«Hi, Bobby», lachte ich, «mixt du vielleicht schon wieder eine deiner grässlichen Bloody Marys?» Angeekelt verzog ich das Gesicht. Ich hasste Tomatensaft aus tiefstem Herzen!

Bobby grinste. «Meine Bloody Mary ist bekannt im ganzen Viertel. Weckt nach einer besoffenen Nacht garantiert Tote auf. Du hast einfach keine Ahnung, was gut ist.»

«Champagner ist gut. Französische und spanische Rotweine sind gut. Meistens jedenfalls …» zählte ich auf, «aber dieses Zeug da, diese Blutige Maria, ist ein Anschlag auf sämtliche Geschmacksnerven. Wenigstens in meinem Fall. Mir wird schon schlecht, wenn ich bloß meine Nase in ein Glas davon halte.»

Bobbys Grinsen vertiefte sich. «Irgendwann werde ich dich mal mit Champagner abfüllen bis zum Kragenknöpfchen, Frau Doktor. Wenn dir dann am nächsten Morgen so richtig schön schlecht ist und dein Schädel brummt bis zum Zerspringen, werde ich dir löffelchenweise die schärfste Bloody Mary einflößen, die ich jemals gemixt habe. Und hinterher wirst du mir noch dankbar um den Hals fallen und mich um die Rezeptur anbetteln, darauf wette ich.»

Ich streckte ihm die Zunge raus. Was ihn nicht davon abhielt, gleich noch eine seiner Weisheiten zur Verteidigung dieses schrecklichen Gesöffs draufzupacken: «Und sicher weißt du auch nicht, liebste Nivea, wie du den penetranten Gestank einer Stinktier-Attacke am schnellsten loswirst, stimmt's?»

Ich schüttelte stumm mein Haupt.

«Du legst dich einfach in eine Badewanne mit Bloody Mary. Wirkt garantiert! Altes Insider-Rezept aus dem Wilden Westen!»

«Diese Radikalkur wird mir vermutlich zeit meines Lebens erspart bleiben. Für gewöhnlich laufen in unseren Breitengraden keine Stinktiere frei herum. Höchstens zweibeinige. Und gegen die hilft bereits im Vorfeld eine Dose Tränengasspray.»

Bobby lachte. «Wie auch immer. Ich habe dir vorsichtshalber einen ganzen Eimer Bloody Mary angesetzt. Brauchst du bloß noch in Cocktailgläser abzufüllen und den Rand zu dekorieren. So viel Kontakt mit dem Zeug wird dir wohl noch zuzumuten sein, ohne dass du uns hier umkippst?»

Eine Antwort blieb mir diesmal erspart, weil in diesem Moment zwei Männer neben mir am Tresen aufkreuzten.

«Barkeeper», rief der kleinere und dunklere von beiden,

«eine Bloody Mary für mich und für meinen Freund hier» – er zeigte auf seinen gut aussehenden großen und blonden Begleiter – «einen stinknormalen Whisky on the Rocks.»
«Schottischen, irischen oder amerikanischen?», fragte Bobby, ohne eine Miene zu verziehen.
«Bourbon natürlich!», tönte es arrogant zurück.
Ich verkniff mir ein Grinsen, als ich Bobbys Gesichtsausdruck sah. Am liebsten hätte er bei den beiden gleich weiterdoziert, das merkte ich deutlich. Außerdem wusste ich ja, dass Bobby schottischen Malt-Whisky jedem anderen vorzog. Wofür er natürlich auch wieder triftige Argumente wusste.
Der Typ wandte sich jetzt seinem eindeutig hübscheren Freund zu: «So eine Bloody Mary vor dem Essen ist einfach genial. Die Würze belebt dermaßen den Gaumen, hinterher nimmt der dadurch auch schwächere Aromen besser wahr. Solltest du wirklich mal probieren, Hannes.»
Ich guckte vorsichtig zu Bobby, ob er die Bemerkung etwa auch aufgeschnappt hatte. Hatte er natürlich! Prompt zwinkerte er mir zu und hob den Daumen. Damit hatte der dunkle Kerl wieder Punkte gemacht, so viel war mir auch klar.
In dem Moment sagte der Blonde namens Hannes mit angenehm tiefer Stimme: «Lass gut sein, Karl. Ich hasse diese Tomatensuppe aus tiefstem Herzen. Es wird dir nicht gelingen, mich zu bekehren.»
Diesmal war es an mir zu zwinkern und den Daumen hochzuhalten. Dieser Hannes gefiel mir immer besser! Bobby ignorierte meine offensichtliche Freude darüber ganz einfach.
Molly rauschte hinter mir vorbei Richtung Küche. «Dein

Hämbörger, Nivea!», zischte sie vorwurfsvoll dabei in meinen Nacken. Prompt knurrte jetzt auch noch mein Magen hörbar beleidigt los. Ich trollte mich hinter Molly her in die Küche, wo Mike, der drahtige kleine Koch, am Brutzeln war. Er hatte meine Portion warm gestellt und klatschte mir gleich noch eine riesige Portion Krautsalat mit auf den Teller. Mike wusste mittlerweile genau, womit man Nivea Cremers Gunst gewinnen konnte. Wenn mir jetzt jemand noch ein Fläschchen Champagner dazu kredenzen würde, dachte ich insgeheim, wäre mein Glück vollkommen. Natürlich ahnte aber keiner etwas von diesen meinen etwas abwegigen Gelüsten. Genauso, wie nicht einmal Molly, meine allerbeste Freundin, über meine montäglichen Autobahntouren Bescheid wusste …

Molly wischte sich mit einem Kleenex über die Stirn. «Puh, heute geht's aber wieder richtig rund da draußen.» Sie grinste zufrieden. Man merkte deutlich, dass sie ganz in ihrem Element war.

Sie wandte sich an Mike und ratterte fünf neue Bestellungen herunter. Der kleine Koch verzog das Gesicht, wie er es immer tat, und trollte sich widerwillig an den Grill.

Halblaut raunte Molly mir zu: «In Berlin soll in diesem Jahr die erste Molly-Misswahl stattfinden. Hab ich heute Mittag erst in der Zeitung gelesen. Stell dir das mal vor, Nivea! Am Ende werden mollige Frauen durch so was auch wieder salonfähig. Dann gibt's sicher auch bald mehr Auswahl an erschwinglichen und trotzdem modischen Klamotten für unsereinen.»

«Ist doch toll», sagte ich kauend, «du bewirbst dich natürlich um die Teilnahme, Moll. Du hast sicher eine Bombenchance, bei deiner Ausstrahlung.»

Sie starrte mich an. «Das meinst du doch nicht im Ernst, Nivea, oder?»

Ich schluckte erstmal runter, ehe ich antwortete: «Aber hundertprozentig meine ich das ernst. Du, das wird einen völlig neuen Schwung in dein Leben bringen», allmählich begann die Begeisterung richtig mit mir durchzugehen.

«Ich kann so was nicht! Mich da auf einem Laufsteg powackelnd zu produzieren», wandte Molly ein.

«Natürlich kannst du das. Außerdem, wozu hast du eine Freundin, die Seelenklempnerin ist, hm? Ich mache dir den Coach, Baby! Ich baue dich so auf, dass du über den Laufsteg stolzieren wirst wie eine Göttin. Ausstrahlung und Selbstbewusstsein hast du doch von Natur aus, Moll. Und einen wunderbaren Humor dazu. Ich sehe dich schon auf dem Siegertreppchen.»

Molly lachte und tippte sich an die Stirn. Sie packte das volle Tablett, das Mike ihr entgegenstreckte, dann sagte sie: «Vielleicht versuch ich's ja tatsächlich, Nivea.»

«Nicht vielleicht, sicher versuchst du es! Und nächstes Jahr heißt die Kneipe dann nur noch ‹Miss-Molly-Bar›! Die Leute werden euch die Bude stürmen, ihr werdet anbauen müssen, Bobby und du ...» Ich geriet jetzt regelrecht ins Schwärmen. Molly lachte und verdrehte die Augen: «Du bist und bleibst ein verrücktes Huhn, Nivea.»

«Kikeriki», krähte Mike dazu aus dem Hintergrund.

«Hat wieder gelauscht, der Suppenkasper», empörte sich seine Chefin, «Mann, ich habe verrücktes Huhn gesagt! Huhn, nicht Hahn! Seit wann krähen denn Hühner?»

«Seit der Osterhase Eier legt», sang Mike.

Bobby streckte seinen runden Kopf durch die Küchen-Flügeltür: «Nivea, ich muss allmählich los. Bist du bereit?»

«Aber klar doch!» Und schon stürzte ich mich hinein ins volle Kneipenleben.
Wenn ich geahnt hätte, was aus dieser Nacht und ihren Folgen noch werden würde, ich wäre wohl etwas vorsichtiger rangegangen!

Die beiden Kerle – Bloody Mary und Bourbon, auch Karl und Hannes genannt – hingen immer noch an der Theke herum. Ich schwebte hinter den Tresen.
«Meine Herren», sagte ich, «ab jetzt übernehme ich die Bar. Wenden Sie sich, falls Sie einen Wunsch haben, nur vertrauensvoll an mich.»
Sie starrten mich beide neugierig an.
«Danke, schöne Frau», sagte schließlich der Blonde, also Hannes, und lächelte mich an. Karl glotzte bloß.
Ich drehte mich um und fing an, die Gläser zu polieren, die Bobby kurz vorher noch aus der Spülmaschine geholt hatte. Hinter meinem Rücken begann es zu wispern. Aha, die beiden Herren hatten offenbar frischen Gesprächsstoff bekommen! Ich spitzte meine Ohren. Männliche Thekengespräche hatten mich immer schon brennend interessiert. Meiner Meinung nach ließen die Herren der Schöpfung dabei ihre Gefühlsregungen wesentlich ungenierter raus als in jeder Therapeutenpraxis.
Karls Stimme wurde allmählich wieder lauter, wahrscheinlich verstand sein Freund das Gewispere nicht im Kneipenlärm. «Gar nicht übel, die Kleine, was Hannes?», sagte er gerade. Ich hatte es deutlich verstehen können. Eifrig polierte ich weiter Pils-Gläser und stellte mich taub. Dabei arbeitete es fieberhaft in meinem Kopf. Der Kerl meinte doch wohl nicht etwa mich?

Hannes gab keine Antwort.
Ungerührt fuhr Karl fort: «Hübscher Arsch, schmale Taille. Und von vorne ein nettes Gesicht, hast du gesehen? Die Möpse prall, rund und fest …» Jetzt schnalzte er auch noch mit der Zunge dazu!
Dieser Arsch schien tatsächlich mich zu meinen!
«Karl, du bist unmöglich!», sagte jetzt Hannes so leise, dass ich es kaum noch verstehen konnte.
Karl lachte dreckig. «Ich wette mit dir um eine ganze deutsche Mark, dass ich die Schnecke heute Nacht noch näher kennen lernen werde!»
Mein Adrenalinpegel schnellte nach oben. Na warte, mein Freundchen!
«Du spinnst, Karl!», sagte Hannes ruhig. Wie Recht er doch hatte, der Gute!
Der andere lachte wieder. «Du wirst schon sehen! Wenn ich sie heute Nacht rumkriege, bekomme ich eine Mark von dir, Hannes. Fang schon mal an zu sparen …»
Langsam drehte ich mich um und bückte mich unter die Theke. Tat so, als suchte ich etwas da unten. Mit einem Stapel Papierservietten tauchte ich wieder hoch.
Karl glotzte mir aufdringlich ins Gesicht, während Hannes betreten in sein leeres Glas starrte.
«Bezaubernde Lady! Könnten wir vielleicht noch eine Runde haben?», krähte Karl los.
«Sicher. Bloody Mary und Bourbon auf Eis?»
«Gut beobachtet, bravo!» Er schnipste mit den Fingern und grinste mich breit und einladend an.
«Ist mein Job!», sagte ich kühl.
Ich nahm zwei frische Gläser hinter mir aus dem Regal. Bobbys vorbereiteter und gut gekühlter Tomatensaft-Mix rann

dickflüssig wie Blut an der Wand des Cocktailglases runter. Mit ruhiger Hand säbelte ich einen Zitronenschnitz ab und klemmte ihn an den Glasrand. Strohhalm rein und fertig.
«Hier bitte. Der Bourbon kommt auch gleich.»
Ich stellte das Glas absichtlich so nahe wie möglich an den Rand. Dann angelte ich nach der Bourbonflasche und holte die Eisbox aus dem Kühlschrank unter dem Tresen.
Leise klingelnd landeten einige der Eiswürfel im Glas. Großzügig kippte ich den Bourbon aus der Flasche darüber. Gut, dass Bobby mir jetzt nicht zusehen konnte! Das war mindestens ein Dreifacher geworden …
Ich nahm den fertigen Drink und beugte mich vor, um ihn direkt vor dem hübschen Blonden abzustellen. Dabei streifte mein Ellbogen den Cocktail. Weil die Blutige Maria so gefährlich nah am Rand gestanden hatte, kippte sie auch sofort um. Mit einem reaktionsschnellen Handgriff bewahrte ich wenigstens das Glas vor dem Herunterfallen. Die rote Brühe ergoss sich trotzdem noch zielgenau zum größten Teil in den Schoß von Karlchen, dem Maulhelden. Es ging kaum was daneben auf den Kneipenboden. Ich gratulierte mir insgeheim – super gezielt, Nivea Cremer, alle Achtung! Die paar Spritzer, die danebengegangen waren, konnte ich später aufwischen.
«Oh, Verzeihung! Das tut mir Leid. Ich mache Ihnen gleich eine neue Bloody Mary …»
Karlchen aber war bereits fluchend aufgesprungen. Genau vorne auf dem Hosenlatz breitete sich ein großer feuchter rötlicher Fleck aus. Mit Mühe unterdrückte ich ein Kichern.
«Nicht nötig», zischte er in meine Richtung, «ich bin bedient für heute!»

«Wegen der Reinigung machen Sie sich mal keine Sorgen. Ich bin versichert», erklärte ich, «bringen Sie die Rechnung einfach bei Gelegenheit hier in der Kneipe vorbei.»
Ich merkte, dass Hannes grinste und Mühe hatte, nicht loszulachen. Schließlich bot er Karlchen an: «Wenn du mit der nassen Hose gleich heim willst, dann mach dich ruhig vom Acker. Ich bleibe noch und trinke meinen Whisky. Die Zeche übernehme ich heute mal.»
Ich jubilierte innerlich, als Karlchen sich tatsächlich trollte. Mir gönnte er keinen einzigen Blick mehr.
Hannes hob sein Glas und prostete mir zu: «Trinken Sie etwas mit mir, auf meine Rechnung?»
«Gerne», sagte ich.
Ich holte eine angebrochene Flasche Prosecco aus dem Kühlschrank und schenkte mir ein Gläschen davon ein. Hannes und ich stießen an, guckten uns dabei tief in die Augen. Er sah wirklich verdammt gut aus, und nett schien er obendrein zu sein, dämmerte es mir.
Ein verwegener Gedanke schlich sich in mein Oberstübchen und flüsterte mir etwas zu, ließ sich einfach nicht zum Schweigen bringen. Sosehr ich auch versuchte, über die drängender werdende Einflüsterung hinwegzuhören ... Es muss ja nicht immer die Autobahn sein, Nivea! Probier's doch mal mit einem Kneipenabenteuer. Einem echten One-Night-Stand ...
Lass das sein, Nivea!, versuchte ich mich sofort selbst zur Räson zu rufen. Das hier ist was anderes als die Autobahn-Geschichten. Viel zu gefährlich! Er könnte dich aufstöbern hinterher, dir zu nahe kommen! Du willst doch keine Beziehung, wenigstens zurzeit nicht. Viel zu anstrengend, einen Kerl an dein Herz heranzulassen, dir seine Seelen-

ergüsse anzuhören. Davon kriegst du doch schon in der Praxis tagtäglich mehr als genug ab. Ist so verdammt anstrengend, dieses ganze Beziehungs-Blabla ... Molly fegte jetzt an der Bar vorbei zur Küche und blinzelte mir zu: «Na, alles paletti?»

«Aber klar doch!»

Dann tauchte plötzlich eine ganze Clique am Tresen auf und enterte sämtliche freien Barhocker. Die Frauen wollten Cocktails, die Kerle Bier. So war ich erst mal voll beschäftigt.

Hannes machte keine Anstalten zu gehen. Er orderte einen Kaffee und lud mich zu einer weiteren Runde Prosecco ein. Zwischen Cocktailshaken und Bierzapfen segelte ich immer wieder mal kurz bei ihm vorbei. Um mit ihm anzustoßen und ein paar Takte zu plaudern. Er war witzig und geistreich, stellte ich dabei fest. Außerdem machte er keinerlei Versuche, private Dinge aus mir herauszuquetschen. Oder mir seinerseits den eigenen Lebenslauf aufzudrängen. Sehr angenehm, der junge Mann!

Eine Stunde später tauchte Bobby dann wieder auf.

«Ablösung naht», lachte er, «du darfst heim ins Bettchen, freust du dich?»

«Vor allem meine Füße», lachte ich zurück.

Ich spurtete noch rasch in die Küche, wo Molly gerade mal wieder verschwunden war.

«Hör mal, Moll, ich gehe dann mal. Heute ist es noch so voll, da hat es keinen Sinn, auf dich zu warten. Ich brauche meinen Schönheitsschlaf. Ich rufe dich morgen an. Ach ja, und vergiss nicht, die Teilnahmebedingungen für den Miss-Molly-Wettbewerb anzufordern, versprich es mir!»

«Ja, schon gut», seufzte Molly, «du gibst ja doch keine Ruhe!

Was will denn übrigens der schnucklige Typ an der Bar von dir?»
«Nichts!»
«Ach komm, das sieht doch ein Blinder ...»
«Molly, du weißt, mir steht zurzeit nicht der Sinn nach solchen Sachen. Sollte er irgendwann hier wieder auftauchen, und dich oder Bobby nach meinem Namen oder gar der Telefonnummer fragen, dann leidet ihr beide unter plötzlichem Gedächtnisschwund, klar?»
«Manchmal versteh ich dich einfach nicht, Nivea!»
«Macht nichts, das geht mir selber auch öfter mal so.»

4 Draußen auf der Straße stand Hannes plötzlich neben Nivea. Offenbar hatte er auf sie gewartet.
«Hallo», sagte er und sah sie an. Das war der Augenblick, in dem Nivea alle guten Vorsätze einfach über Bord warf! Außerdem hatte sie drei Gläser Prosecco im Blut. Was keine Entschuldigung war, aber immerhin so was Ähnliches wie eine Erklärung. Nivea war gerade so viel angeheitert, dass sie die Dinge wie durch einen feinen Nebel wahrnahm. Außerdem schwebte sie einen halben Zentimeter über dem Boden. Zumindest kam es ihr so vor.
Hannes schob eine Hand unter ihren Arm. «Soll ich Ihnen ein Taxi rufen?»
«Ich denke, du rufst am besten ein Taxi für uns beide», sagte sie langsam, «du hast doch sicher eine unbenutzte Zahnbürste zu Hause?»
Wenn Hannes überrascht war, so ließ er es sich jedenfalls nicht anmerken.
Auf der Rückbank des Wagens pressten sie später ihre Oberschenkel aneinander. Kaum waren sie vor einem zweistöckigen Haus aus dem Taxi gestiegen, begannen sie sich wie wild zu küssen. Seine Lippen fühlten sich warm und trocken an. Nivea mochte das. Sie taumelten ins Haus und in eine Wohnung im Erdgeschoss. Ihre Mäntel fielen zu Boden. Sie spürte seine Hände auf ihrem Körper. Genoss es, wie er sie langsam, Stück für Stück, auszog. Dann fühlte sie seine heißen Lippen, die ihre Brustwarzen zärt-

lich liebkosten. Ihr ganzer Körper begann vor Verlangen zu beben.
«Komm endlich», murmelte Nivea und zog ihn auf sich.

Als Nivea am nächsten Morgen aus dem fremden Bett schlüpfte, weckte sie Hannes nicht auf. Sie lief zu Fuß nach Hause. Auf Hannes' Nachtkästchen lag ein Markstück auf einem kurzen Briefchen: «*Guten Morgen. Es war eine wunderschöne Nacht. Da ich annehme, dass dein Freund Karl seine Wettschulden nicht begleichen wird …*

P. S.: *Die Leutchen in der Kneipe halten übrigens dicht, hundertprozentig. Kein Name, keine Adresse, keine Telefonnummer! Kapiert?*»

5 Kurz nach zehn saß ich wie üblich an meinem Schreibtisch in der Praxis. Frisch geduscht und dezent geschminkt. Mit einem kräftigen Frühstück im Magen. Anna hatte mir soeben eine Tasse Kaffee gebracht. Die brauchte ich dringend, die Nacht war kurz gewesen. Und der Tag zuvor, der Montag, auch nicht gerade von schlechten Eltern, fiel mir wieder ein. Ich lebte ziemlich flott in letzter Zeit. Zwei Männer, so kurz hintereinander, hatte ich jedenfalls schon lange nicht mehr gehabt. Wurde verdammt Zeit, dass ich wieder ein bisschen solider wurde!

Um elf kam die erste Klientin. Li, die Chinesin, die so gerne ihre Schüchternheit loswerden wollte. Ich musste mir unbedingt vorher noch das Video ansehen, das sie mir beim letzten Mal in die Hand gedrückt hatte.

«Ich bin nicht nur schüchtern, ich glaube, ich habe auch einen Tick», hatte Li gesagt und war meinem Blick ausgewichen. «Wenn Sie das Video gesehen haben, werden Sie verstehen.»

Ich war eigentlich nicht so rasend gespannt auf den angeblichen Tick. Lis Schüchternheit schien mir in erster Linie therapiebedürftig. Die junge Frau, die als einzige Tochter von Exil-Chinesen bereits in Deutschland geboren war, arbeitete nämlich – neben ihrem Studium – in einer seriösen, wie sie betonte, Begleitagentur.

Manche der Herren, die Li abends zum Essen, in eine Bar oder ins Theater begleiten sollte, fanden ihre schüchterne

Art wohl weniger reizend, dafür einfach langweilig. Und beschwerten sich bei der Agentur. Andere hingegen versuchten eben diese Eigenschaft der hübschen jungen Chinesin auszunutzen. Li stand solchen Übergriffen hilflos gegenüber, hatte sie mir gestanden. Wenn sie dann einfach wortlos die Flucht ergriff, konnte sie meist auch die Bezahlung für ihren Einsatz vergessen. Dabei brauchte Li das Geld dringend, um ihr Studium in Germanistik und Kunstgeschichte abzuschließen.

Ich suchte in meiner Handtasche nach dem Päckchen Light-Zigaretten. Normalerweise war ich Nichtraucherin, bekennende sogar. Unerklärlicherweise aber entwickelte ich von Zeit zu Zeit, so alle paar Wochen etwa, dringende Gelüste nach einem Glimmstängel. Ich rauchte dann ein oder höchstens zwei von der leichten Sorte und war wieder satt und zufrieden. Bis zum nächsten Ausrutscher. Natürlich machte ich mir manchmal Gedanken wegen dieser periodisch auftretenden Anwandlung. Eine vernünftige Erklärung fand ich nicht. Auch mein Monatszyklus schien nichts damit zu tun zu haben. Darauf hatte ich anfangs getippt. Aber nachdem ich genau Kalender geführt hatte, erwies sich diese Annahme als eindeutig falsch. Die plötzliche Gier nach Nikotin kam völlig regellos. Ließ sich weder mit dem Eisprung noch mit dem Einsetzen der Periode oder gar dem prämenstruellen Syndrom erklären. Ich beschloss schließlich, es einfach hinzunehmen. Und eine zu rauchen, wenn mir wieder mal danach war. An einem oder zwei Glimmstängeln alle paar Wochen mal war ja auch noch nie ein Mensch gestorben.

Plötzlich hielt ich einen Fetzen Papier in der Hand. Ich zog ihn aus der Handtasche und starrte darauf.

Johannes Kohlbeck, Kaiserstraße 11, las ich halblaut.
Erst seit heute Morgen kannte ich seinen vollen Namen und die genaue Adresse. Beides hatte ich beim Verlassen des Hauses hastig notiert. Wozu, das wusste ich selbst nicht. Bei meinen Autobahn-Abenteuern verschwand ich ja auch immer ohne jegliche Daten. Und in diesem Fall hegte ich ebenfalls nicht die geringste Absicht, den Mann wieder zu sehen.
Obwohl – ich lehnte den Kopf zurück und schloss einen Moment lang die Augen. Ich spürte förmlich seine heißen Lippen auf meiner Haut. Merkte, wie die feinen Härchen auf meinen Armen sich aufrichteten und ein wohliger Schauer durch meinen Körper rieselte.
Schluss damit, Nivea!
Ich riss die Augen auf und starrte den Videorecorder an, der darauf wartete, endlich mit Lis Kassette gefüttert zu werden. Es wurde höchste Zeit, dass ich die letzte Nacht endgültig zu den Akten legte. Es war schön gewesen und Hannes zärtlich und ein guter Lover, aber jetzt war es vorbei!
Dann fiel mir ein, dass ich in den nächsten Tagen keinesfalls die Kneipe betreten durfte. Ich traute Hannes schon zu, dass er sich nicht einen Deut um meine P.S.-Randbemerkung scheren und versuchen würde, mich dort abzupassen.
Irgendwie hielt ich ihn nicht für den klassischen One-Night-Stand-Typen. Der stand auch nicht auf die schnelle Nummer ohne viel Zärtlichkeit. So viel war mir schon im Taxi klar gewesen. Und in der Beziehung hatte ich mich noch nie getäuscht. Männer verrieten durch ihr Verhalten im Bett mehr, als sie ahnten. Ich wusste schon lange, dass es nicht darauf ankam, was ein Mann einer Frau sagte. Sondern ein-

zig und allein darauf, wie er sich ihr gegenüber benahm. Wie er sie behandelte. Im Bett. Und auch außerhalb. Insofern war mir die Frage «Liebst du mich?», die meine Geschlechtsgenossinnen so gerne und so häufig stellten, immer schon höchst überflüssig erschienen.
Und was sollte er auch schon darauf antworten? Nein, vielleicht? Damit es ein Riesentheater gab? Das brächte wohl nur ein ganz abgebrühter Hund fertig. Also höchstens schlappe 1,0 Prozent. Der Rest – 99,0 Prozent – sagte immer Ja, ob es nun stimmte oder nicht.
Fühlen musste man es als Frau, was wirklich los war, das war alles! Ganz einfach eigentlich … Trotzdem hatte ich täglich mindestens eine Klientin vor mir sitzen, die ihr Taschentuch nass heulte. Weil ihr Mann sie angeblich nicht verstand oder sie ihn nicht oder – im schlimmsten Fall – sie sich beide gegenseitig nicht.
Ich seufzte und zog eine Zigarette aus dem Päckchen, das ich endlich in den Untiefen meiner Tasche gefunden hatte. Den Zettel mit Hannes' Adresse zerriss ich in viele kleine Schnipselchen und ließ sie in den Papierkorb schneien. Damit ich auch ja nicht in die Versuchung käme, später Puzzle zu spielen. Und obwohl mir klar war, dass mein kluges Köpfchen einen Speicher besaß wie ein Computer. Im Notfall konnte ich die Daten von dort jederzeit abrufen. Wahrscheinlich wollte ich einfach verhindern, dass mir der Zettel noch einmal aus Versehen in die Hände geriet. Und die Erinnerung wachrief. Wie gerade eben noch geschehen.
Ich machte eine kurze Notiz in meinem Terminplaner: Molly anrufen! – Ich musste ihr unbedingt nochmals einbläuen, unter keinen Umständen, sollte Hannes auftauchen, etwas preiszugeben.

Der Videorecorder surrte leise beim Vorspulen der Kassette, auf dem Fernsehschirm flackerte und flimmerte es. Ich sog an meiner Zigarette und stieß den Rauch sofort wieder aus. Inhalieren hatte ich nie gelernt.
Plötzlich erschien Lis zierliche Gestalt auf dem Bildschirm. Sie hockte im Schneidersitz auf dem Boden in einem Zimmer, das so aussah, als ob es Lis kleiner Schwester gehören musste. Nur dass Li eben ein Einzelkind war …
Ich beugte mich gespannt vor, weil ich meinen Augen nicht traute! Die kleinen bunten Männlein, die kreisförmig um Li herumstanden, waren doch – Gartenzwerge?
Es waren Gartenzwerge! Da gab es welche mit Spaten oder Schubkarren in den Händen, andere rauchten Pfeife oder grinsten nur schelmisch. Einer lag neckisch auf dem Bauch, die Beine in der Luft gekreuzt. Li lächelte sanft auf die Gnome herab. In ihren mandelförmigen Augen lag ein geradezu zärtlicher Ausdruck. Schneewittchen Li schien glücklich zu sein mit den Zwergen. Sie liebte ihre Gartenzwergsammlung, das konnte ein Blinder sehen! Wie eine Mutter ihre Kinder, so liebte die kleine schüchterne Li diese buntbemalten Symbole typisch deutscher Kleingärtner-Biederkeit. Ich pfiff leise durch die Zähne. Das war ja ein Ding!
Ich stand auf und schaltete den Recorder aus. Ich hatte genug gesehen. Und in fünf Minuten würde Li mir ohnehin persönlich gegenübersitzen.
Sie hatte rot geweinte Augen, als sie einige Minuten zu spät erschien.
«Hübsch, Ihre Gartenzwergsammlung, Li», sagte ich harmlos lächelnd, um sie nicht noch weiter zu verschrecken.

Dennoch schossen ihr neue Tränen in die dunklen Augen.

«Hübsch, ja», sagte sie leise, «und alle geklaut!»

Ich setzte mich kerzengerade auf in meinem Drehstuhl.

«Was?», entfuhr es mir.

Gestern Willi Mayer und heute Li! War es denn die Möglichkeit? Mutierten neuerdings meine Klienten allesamt zu Kleptomanen? Zu zwanghaften Langfingern und Betrügern?

Li schluckte. «Ich gehe oft schon morgens alleine spazieren. Bei mir in der Nachbarschaft ist eine Kleingartenanlage ...» Ihr zartes Stimmchen erstarb.

«Und dort klauen Sie die Gartenzwerge?», hakte ich, immer noch ungläubig, nach.

Sie nickte heftig und schluchzte auf.

«Sie sind sehr alleine, nicht wahr, Li?»

Sie hob den Kopf und starrte mich wortlos an, dann nickte sie wieder. «Ich hänge an diesen Gartenzwergen. Sie leisten mir Gesellschaft, wenn ich alleine zu Hause bin. Wenn ich einen besonders schönen sehe, dann will ich ihn sofort haben. Und weil morgens normalerweise noch niemand in den Gärten ist, war es auch immer ganz einfach.» Sie stockte, ehe sie fortfuhr: «Bis jetzt dachte ich eigentlich, das sei bloß so ein harmloser Tick von mir. Aber dann hat mich am vergangenen Freitag ein älterer Mann erwischt. Wie ich gerade aus seinem Kleingarten einen nagelneuen Zwerg entführen wollte.» Entführen also – nicht klauen – tat sie, die sanfte Li! Es wurde immer interessanter.

«Er hat sie angezeigt, richtig?»

Wieder nickte Li, ehe sie endgültig in Tränen ausbrach.

«Hören Sie auf zu weinen», sagte ich in so ruhigem Tonfall,

wie ich nur konnte, «ich verspreche Ihnen, ich werde die Sache für Sie in Ordnung bringen, Li! Sie sagen mir die Adresse des Herrn, und ich werde ihn aufsuchen. Vielleicht zieht er die Anzeige zurück. Wir beide müssen uns dann allerdings über den Vorfall schon noch genauer unterhalten!»

Den Rest der Therapiestunde bohrte ich in ihrem persönlichen Beziehungskram herum. Enge Freunde, etwaige Liebhaber. Wann war das erste Mal. Wie war es, wer und wie war er …?

Besonders viel bekam ich nicht heraus. Li war tatsächlich sehr einsam, wurde mir immerhin sehr deutlich klar. Sie hatte kaum Freunde und selten Sex. Und wenn, dann meistens mit deutlich älteren Männern, die sie sexuell ausnutzten. Li sehnte sich jedoch nach Liebe, nach Zärtlichkeit, nach tiefen Gefühlen. Natürlich war ihre Schüchternheit nicht gerade eine Hilfe bei der Suche danach. Li hatte sich eine Zeit lang eingebildet, diese Schüchternheit durch ihren Job bei der Begleitagentur überwinden zu können. Hatte aber bald bemerkt, dass die Sache sogar eher schlimmer wurde dadurch. Irgendwann war sie dann bei mir gelandet. Heute war ihre dritte Therapiestunde.

Nivea, sagte ich mir, da kommt eine Menge Arbeit auf dich zu! Und dabei hatte ich doch schon Willi Mayer am Hals. Da war mir ja noch jeder Beziehungsknatsch lieber …

Weitere harte Fälle dieser Art blieben mir für den Rest des Arbeitstages zum Glück erspart. Ich nahm mir vor, gleich am nächsten Vormittag, noch vor der Praxis, diesen E. Hirth in der Augustenstr. 53 aufzusuchen. Li hatte mir die Adresse des Gartenzwergbesitzers aufgeschrieben. Ich musste verhindern, dass Li tatsächlich wegen Diebstahls vor Gericht kam. Li brauchte Hilfe, keine Strafe.

Der letzte Klient an diesem Tag kam um 17 Uhr. Ausnahmsweise war Anna noch da, als ich eine Stunde später für heute Schluss machen konnte. Normalerweise arbeitete Anna nur vier Stunden täglich. Sie war verheiratet und hatte einen kleinen Sohn. Aber der war heute bei der Oma und Anna damit in der Lage, liegen gebliebene Abrechnungen zu erledigen.

«Kommst du noch mit auf einen Schaufensterbummel?», lud ich Anna ein.

Sie zögerte kurz, warf einen Blick auf ihre Uhr.

«Komm schon», drängte ich, «das wird dir gut tun. Du kommst doch auch kaum daheim raus, stimmt es etwa nicht?»

Sie nickte. «Hast ja Recht. Und ein paar neue Schuhe bräuchte ich auch schon lange.»

Wir steuerten zielsicher das italienische Schuhgeschäft in der Briennerstraße an. Anna fand ihr Traumpaar, ich leider gleich zwei davon. Die Ausgabe würde meinen Kontostand endgültig in den roten Bereich katapultieren. Ich zahlte mit Kreditkarte, da würde der Betrag immerhin erst in zwei bis drei Wochen abgebucht werden. Bis dahin waren hoffentlich wenigstens einige der Praxisabrechnungen beglichen, die Anna vorhin noch in den Briefkasten gesteckt hatte.

«Willi Mayer könnte auch mal wieder eine Überweisung an uns abschicken», sagte Anna, als wir mit unseren Tüten wieder auf der Straße standen. Um uns herum tobte der Feierabendverkehr.

«Ich dachte, der zahlt immer pünktlich?», brüllte ich gegen den Verkehrslärm an.

«Anfangs ja, inzwischen sieht er es wohl lockerer», brüllte Anna zurück, «du solltest ihn vielleicht mal dezent darauf ansprechen. Schließlich bist du kein Wohlfahrtsverein oder von der evangelischen Telefonseelsorge, sondern als freie Therapeutin auf deine Honorare angewiesen.»
«Danke jedenfalls für den Hinweis! Komm, ich lade dich noch auf einen Espresso ein.» Ich hakte Anna unter.
«Dann muss ich aber rasch Jonathan zu Hause anrufen. Der denkt sonst, ich bin entführt worden.»
«Das kannst du vom Münztelefon im Café aus machen, du brave Ehefrau. Wenn es denn unbedingt sein muss.»
«Muss sein!», nickte Anna, und wir mussten beide lachen.
Wir bogen gerade in die Theatinerstraße ein, als mein Blick an einem schwarzen, chromglänzenden Jaguar hängen blieb. Der Wagen stand frech mitten im Halteverbot. Ich dachte noch, wie schade es sei, dass Willi Mayer ein silberfarbenes Modell fuhr. In elegantem Schwarz würde ich meine Montagsausflüge sicher noch mehr genießen. Ich blieb kurz stehen, um den Anblick des Nobelschlittens auf mich wirken zu lassen. In diesem Moment öffnete sich die hintere rechte Autotür – und Li entstieg dem Luxusgefährt. Sie trug ein freches, kurzes rotes Kostüm. Ihre zierliche Figur kam darin gut zur Geltung. Hinter ihr tauchte ein grauhaariger älterer Herr im dunklen Anzug auf. Er beugte sich nochmals ins Wageninnere hinein, wohl um dem Chauffeur eine Anweisung zu geben. Li stand geduldig da und wartete. Ihre Augen hielt sie zu Boden gesenkt. Anna und mich bemerkte sie nicht. Ich hatte überhaupt den Eindruck, dass sie kaum etwas von ihrer Umgebung mitbekam. Der Graumelierte reichte ihr jetzt mit einer galanten Verbeugung seinen Arm,

die beiden schritten davon. Wobei Li eher trippelte als schritt. Der Mann war gut zwei bis drei Köpfe größer als seine Begleiterin.

Anna räusperte sich neben mir. «Wir sollten dann mal, Nivea, sonst wird es zu spät für mich. War das übrigens nicht eben diese Chinesin, deine neue Klientin?»

«Sah ganz danach aus!» Ich starrte den beiden noch immer hinterher. Ob Lis Begleiter Kunde der Agentur war, für die sie arbeitete? Vermutlich.

«Die gehen garantiert in die Oper», sagte Anna sachlich, «der ‹Barbier von Sevilla› läuft zurzeit. Die Vorstellung fängt um halb acht an. Da müssen sie sich aber allmählich beeilen.»

«Wenigstens braucht Li in der Oper keine gepflegte Konversation zu machen», entfuhr es mir.

«Wie meinst du das?», fragte Anna prompt.

«Ach, lass gut sein, Anna», bat ich, «ich habe Feierabend. Um Li kümmere ich mich morgen.»

Meine Sekretärin warf mir einen merkwürdigen Blick zu.

«Ich weiß schon, dass ich manchmal etwas unorthodoxe Behandlungswege einschlage», sagte ich hastig, «aber ungewöhnliche Fälle verlangen eben auch ungewöhnliche Methoden.»

«Hauptsache, die zahlen auch alle ihre Rechnungen hinterher. Von deinen Kassenpatienten alleine kannst du nämlich nicht leben, Nivea.»

«Wie gut, dass ich eine tüchtige Sekretärin habe!», lachte ich und zog Anna hinter mir her ins Café.

In der Nacht träumte ich dann von Hannes. Er küsste mich, überall. Mein Körper antwortete prompt. Der Puls begann zu fliegen. Ein Ziehen in meinem Becken weckte mich schließlich auf. Es fühlte sich an wie eine Art Phantomschmerz da unten, zwischen den Beinen. Bebend vor Verlangen versuchte ich, wieder einzuschlafen. Es gelang mir nicht. Erst nachdem ich meiner Hand erlaubt hatte, nach unten abzutauchen und den feuchten Traum zu vollenden, konnte ich mich entspannen.

Am Morgen wachte ich auf und war wütend. Auf mich, auf Hannes und auf diese verdammten Hormone, die offenbar versuchten, mir einen Streich zu spielen.

«Mit mir nicht!», sagte ich zu meinem unausgeschlafenen Gesicht, das mich aus dem Badezimmerspiegel heraus mit großen Augen anstarrte. «Ich will keine Beziehung! Diesen ganzen Scheiß von wegen Liebe und Ehe und so will ich nicht, das weißt du ganz genau! Ich will das nicht!»

«Zu wem wollen Sie denn, junge Frau?», schnarrte eine blechern klingende Männerstimme hinter mir. Ich hatte gerade auf den Klingelknopf neben dem Schild E. Hirth drücken wollen. Erschrocken fuhr ich herum. Ich starrte in ein kantiges Männergesicht mit einer Halbglatze darüber. Der Mensch trug außerdem ein ziemlich beeindruckendes Nasenexemplar spazieren. Und genau an dieser Nase erkannte ich ihn nun auch wieder!

E. hieß Emil! Emil Hirth, langjähriger Kegelbruder und Kneipenfreund meines Vaters, stand leibhaftig vor mir. Deshalb war mir der Name auch so bekannt vorgekommen. Aber natürlich hatte ich Emil und Emma Hirth nicht unter einer Großstadtadresse vermutet. Und deshalb nicht richtig geschaltet im Oberstübchen.

Die beiden besaßen doch ein Häuschen damals draußen auf dem Land, an dem sie hingen. Gleich in unserer Nachbarschaft. Die hatten doch nie in die Stadt ziehen wollen! Was, zum Teufel, machte Emil Hirth also jetzt und hier in der Augustenstraße?

Nein, dachte ich verzweifelt, nicht das auch noch! Das kann ich noch nicht mal für Li tun …

Aber es war bereits zu spät. Er hatte mich natürlich auch erkannt.

«Das ist doch die Nivea? Ja, gibt es denn so was? Die Nivea Cremer, die Frau Doktor persönlich …» Emil war einer der Kumpel gewesen, mit denen mein Vater tagelang zur Feier meiner Promotion gebechert hatte!

«Guten Morgen, Herr Hirth», begrüßte ich ihn förmlich. Früher hatten Albin und ich immer «Onkel Emil» sagen müssen, fiel mir dabei ein. «Wie geht es Ihnen und Ihrer Frau?»

Über sein Gesicht flog ein Schatten. «Die Emma ist tot, seit zwei Jahren schon», klärte er mich auf, «hat der Albin das nicht erzählt?»

Ich schüttelte den Kopf. «Ich bin selten dort. Und das mit Emma tut mir wirklich Leid.»

Er stieß einen müden Seufzer aus: «Hat ziemlich leiden müssen, die arme Haut. Emma hatte Krebs. Deswegen haben wir ja auch unser Häuschen verkauft und sind nach München reingezogen. Sie musste so oft ins Krankenhaus. Und wenn sie mal daheim war, brauchte sie intensive Pflege. Der Doktor kam dann zweimal am Tag. Das war auf dem Land nicht zu organisieren auf die Dauer. Jetzt lebe ich allein in der Wohnung. Noch mal umziehen wollte ich nicht, hinterher. Als Ausgleich habe ich mir einen kleinen Schrebergarten angeschafft.»

Schrebergarten war das Stichwort für mich. Sofort hakte ich

nach: «Ich weiß. Wegen des Schrebergartens würde ich gerne mit Ihnen sprechen. Wenn Sie ein paar Minuten Zeit haben?»

Er hatte. Emil Hirth bat mich nach oben in seine völlig übermöblierte Wohnung. Offensichtlich hatten er und Emma seinerzeit alles Mobiliar aus dem Häuschen mitgenommen und in die Zweizimmer-Stadtwohnung gestopft.

Den angebotenen Kaffee lehnte ich ab. Ich wollte die Sache so schnell wie möglich hinter mich bringen. Ehe ich den Mund aufmachen konnte, fragte Emil: «Und wie läuft die Praxis, Nivea? Dein Vater war mächtig stolz auf dich, damals!» Er duzte mich jetzt wieder, wie früher.

«Gut!», sagte ich und: «Ja, ich weiß. Eigentlich bin ich heute ja auch als Therapeutin hier. Es geht nämlich um eine Klientin von mir …»

Emil starrte mich an. Also fuhr ich gleich fort: «Es handelt sich um diese kleine Chinesin, Li Huong, die versucht hat, Ihren Gartenzwerg zu klauen. Sie sollen ihr mit einer Anzeige gedroht haben. Das Mädchen ist deswegen völlig fertig!» Ich dramatisierte absichtlich ein bisschen, um ihn aus der Reserve zu locken. Ich wollte so schnell wie möglich hier wieder raus.

Plötzlich fuhr Emil auf. «Dieses schlitzäugige Langfinger-Gör gehört verdonnert», wetterte er los, «in meinen Garten einbrechen und klauen, da hört sich doch alles auf! Heute noch gehe ich zur Polizei! Vorhin wollte ich gerade los.»

Da hatte ich ihn ja gerade noch abgepasst! Wenn er nicht bloß bluffte, um sich wichtig zu machen. Jetzt hieß es, tief in die Psychologen-Trickkiste greifen, wenn ich Li vor der Anzeige noch bewahren wollte.

«Bitte, Onkel Emil», schmeichelte ich, «das Mädchen ist nicht schlecht, Li ist krank!»
«Ja, das glaube ich!» Er machte mit dem Zeigefinger eine kreisende Bewegung an seiner Stirn. «Ballaballa, was? Sonst wär sie ja wohl nicht bei dir in Behandlung.»
Klar doch! Wer zum Therapeuten ging, musste schließlich ballaballa sein …
«Sie ist krank vor Einsamkeit, Onkel Emil», sagte ich sanft, «das müsstest du doch verstehen, wo du jetzt auch allein leben musst.»
Damit hatte ich voll ins Schwarze getroffen. Ich wunderte mich sowieso, wie Emil es ohne seine Emma überhaupt schaffte. Ebenso wie mein Alter hatte er früher nie auch nur einen Finger im Haushalt krumm gemacht.
Seine hellblauen Augen waren wässrig geworden. Er nickte und starrte vor sich hin. Plötzlich hob er den Kopf und sah mich direkt an: «Trotzdem klaue ich keine Gartenzwerge aus fremden Gärten.»
«Du bist ein reifer, erwachsener Mann, Onkel Emil», erinnerte ich ihn, «du hast dein Leben im Griff. Li hingegen ist fast noch ein Kind. Sie verlor sehr früh ihre Eltern, wurde ständig herumgestoßen …» Hier musste ich abbrechen, weil mir fast selber die Tränen kamen über meiner eigenen Lügengeschichte.
Er starrte mich immer noch an, dann nickte er langsam. Sofort legte ich noch eins drauf: «Für Li sind Gartenzwerge so eine Art Ersatzfamilie, verstehst du? Sie redet mit ihnen, sie haben menschliche Züge, aber sie quälen Li nicht. Wie richtige Menschen das oft, allzu oft, getan haben!» Ich schluckte, atmete dann tief durch. Erleichtert sah ich zu, wie seine Gesichtszüge sich entspannten.

«Also gut», sagte Emil Hirth dann langsam und feierlich, wie ein Pfarrer auf der Kanzel, «also gut! Dann will ich für dieses Mal noch ein Auge zudrücken. Und weil du es bist, die mich darum bittet, Nivea. Deinem Sachverstand traue ich. Kannst du das Mädel denn heilen, damit sie so was nicht noch mal macht? Ich meine, sie könnte beim nächsten Mal an einen ganz anderen Kerl als mich geraten. Ich habe ja ein weiches Herz, wie du weißt, manchmal viel zu weich sogar …» Er brach ab und sah mich auffordernd an.
Pflichtschuldigst nickte ich heftig. «Sicher, Onkel Emil, das hast du! Aber es passt zu dir, das weiche Herz …» Nivea, Nivea, du wirst sicher eines Tages in der Hölle schmoren, du heuchlerische Bazille!
Emil nickte zufrieden. «Na, dann erspare ich mir mal den Gang zur Polizei. Und der Kleinen schenkst du am besten einen Hund oder eine Katze oder ein Meerschweinchen. Dann hat sie was zum Bemuttern. Reden kann sie mit dem Viehzeugs auch, und die fressen ihr dafür noch aus der Hand.»
Verblüfft starrte ich ihn an. Verdammt, darauf hätte ich selber auch kommen können!
«Mensch, Onkel Emil», rief ich, diesmal ehrlich begeistert, «das ist überhaupt die Idee. Ich danke dir!» Damit sprang ich auf. «Aber jetzt muss ich leider in die Praxis, um elf beginnt die Sprechstunde.»
Er erhob sich ein wenig schwerfällig, um mich zur Tür zu begleiten.
«Da kannst du mal sehen, Frau Doktor! Auch unsereiner, als Nichtakademiker, hat schon mal eine gute Idee. Braucht man bloß seinen gesunden Menschenverstand dafür …» erklärte mir Emil dann noch, sichtlich mit sich zufrieden. Sein Tag war gerettet, so viel stand fest.

Er reichte mir die Hand. «War schön, dich mal wieder zu sehen, Nivea. Komm doch ruhig mal sonntagnachmittags zum Kaffee vorbei. Kannst die kleine Chinesin auch mitbringen, wenn du willst. Damit sie nicht immer so viel allein ist und ein bisschen unter Menschen kommt.»
«Ich werde es mir überlegen», sagte ich rasch, «vielleicht wäre das wirklich eine gute Idee. Ich danke dir jedenfalls für das freundliche Angebot, Onkel Emil.»
Dann entfloh ich, ehe ihm noch mehr dazu einfiel.
Draußen auf der Straße atmete ich ein paar Mal tief ein und aus. Eines war klar – einen solchen Einsatz, wie ich ihn eben persönlich für Li erbringen musste, würde ich so schnell nicht wieder einem Klienten zukommen lassen! Zumindest müsste ich meine Honorare vorher drastisch erhöhen. Inklusive Gefahrenzulage …

6

Anna hatte mal wieder allen Grund, den Kopf zu schütteln.

«Du Ärmste», sagte sie, als sie sich am frühen Nachmittag verabschieden kam, «heute hast du einen langen Tag. Dieser Miguel Conibo ist erst für 19 Uhr eingetragen.»

Ich winkte ab. «Halb so schlimm. Ich treffe ihn im Englischen Garten. Er muss anschließend gleich wieder zurück ins Institut, er hat da irgendeine Versuchsreihe laufen. Ich kriege also frische Luft und nach dem Plauderstündchen mit dem jungen Mann auch noch Bares. Ist das etwa harte Arbeit?»

Anna verdrehte die Augen. «Der händigt dir doch nicht schon wieder dein Honorar gleich an Ort und Stelle in bar aus?»

«Doch, bestimmt sogar!», krähte ich fröhlich. «Keine Angst, morgen früh kriegst du es in die Kasse. Ich unterschlage nichts, Ehrenwort!»

Anna schüttelte also mal wieder den Kopf und ging.

Miguel Conibo war ein echter Indianer. Aufgewachsen in einem Dorf im peruanischen Regenwald. Er war der Einzige seines Stammes, der studiert hatte – nämlich Biologie – und in der industrialisierten Welt lebte. In seinem runden gutmütigen Gesicht fielen vor allem die pechschwarzen glänzenden Augen auf. Wenn Miguel einen ansah, glaubte man, er blicke einem geradewegs ins Herz. Er trug sein glattes

schwarzes Haar schulterlang und meist hinten zusammengebunden. Das verlieh ihm einen zusätzlichen exotischen Touch. Miguel war nicht sonderlich groß und untersetzt, aber agil und sehr intelligent.
«Wie kann ich Ihnen helfen?», hatte ich ihn zu Beginn der ersten Stunde gefragt, nachdem ich kurz seinen Lebenslauf und die Versicherungsdaten überflogen hatte. Miguel bastelte demnach am Zoologischen Institut der Universität München an seiner Doktorarbeit. Er bezog ein Stipendium irgendeines akademischen Austauschdienstes und war über diesen auch privat krankenversichert. Bei «Gewünschte Zahlungsweise» gab er an: bar gegen Quittung.
Na schön, mir sollte es Recht sein! Er würde sich das Geld wohl gegen Vorlage meiner Rechnung dann wiederholen von der Versicherung. Das ging mich nichts an.
«Ich habe ein krankes Herz», sagte Miguel laut und deutlich.
Ich lachte. «Dann sind Sie bei mir falsch. Sie brauchen einen Internisten. Oder gleich einen Herzspezialisten.»
«Mein Herz leidet unter Sehnsucht. Es sehnt sich nach Liebe. Nach der Liebe einer schönen, molligen Frau. In meinem Dorf waren alle Frauen rund. Rund und schön. Aber bis jetzt hat mein Herz nicht gefunden, was es braucht. Deshalb blutet es, innerlich und unsichtbar. Verstehen Sie jetzt?» Miguel sah mich aufmerksam an.
Ich nickte langsam und wartete ab, was noch kommen würde.
«Vor einigen Wochen glaubte ich schon, am Ziel zu sein», fuhr er fort, «sie war hübsch und rund, aber alle sagten ihr, sie hätte Übergewicht und müsse abnehmen. Ich liebte sie gerade wegen ihrer Figur, nicht nur, aber doch auch deswe-

gen. Dann, als ich beinahe am Ziel war und sie sich endlich auch in mich zu verlieben begann, zog sie sich plötzlich zurück. Am Telefon sagte sie mir nur, sie schäme sich vor ihren Freunden und ihrer Familie. Wenn sie mit mir zusammen wäre, würden alle sagen: ‹Die hat keinen anderen abgekriegt wegen ihrer Figur, nur diesen kleinen Indianer. Der war der einzige Bewerber, also hat sie ihn genommen.› So habe ich sie wieder verloren. Seither fällt es mir noch schwerer, eine Frau, die mir gefällt, zu finden. Und dann sind hier in diesem Land auch die meisten Mädchen viel zu dünn für meinen Geschmack. Wenn man versucht, sie zum Essen zu überreden, werden sie böse. Jetzt bin ich langsam so weit, dass ich überhaupt keine Frau mehr ansprechen mag.»

Miguel betrachtete nach diesem Monolog seine Schuhspitzen.

«Ich verstehe vollkommen», sagte ich ernst. Und das tat ich wirklich!

Miguel hob den Kopf und sah mich an: «Dann können Sie mir helfen? Ich brauche Hilfe, ich kann doch nicht immer nur arbeiten. Ich liebe meine Arbeit, aber mein Herz verhungert dabei.»

Im Verlauf der nächsten halben Stunde kam ich dahinter, dass Miguel mittlerweile im wörtlichen Sinne die Sprache versagte, wollte er sich einem weiblichen Wesen auch nur nähern. Dabei sprach und schrieb er, neben seinem Stammesdialekt, Deutsch, Englisch und Spanisch. Alles perfekt.

«Knoten in der Seele», kritzelte ich in Kurzschrift meine Erstdiagnose auf eine Karteikarte. Ich beschloss, dem sympathischen jungen Mann diesen Knoten lösen zu helfen.

«Miguel», sagte ich, «haben Sie eigentlich schon mal einer Frau einen richtigen Liebesbrief geschrieben?»
Er guckte mich nur groß an und schüttelte den Kopf.
«Dann versuchen Sie das doch, bitte! Bis zum nächsten Mal. Und bringen Sie mir den Brief auch mit.»
Miguel zuckte sichtlich zusammen. «Das kann ich nicht! Ich habe ja gerade niemanden in meinem Herzen. Und einem Geist kann ich meine Gefühle nicht geben. Und was ich nicht fühle, kann ich auch nicht aufschreiben, denn es wären dann ja alles Lügen. Und Lügen töten die Liebe ...»
Ich war beeindruckt. Er war also noch sensibler, als ich gedacht hatte. Das machte die Sache nicht leichter, nur interessanter.
«Und diese Frau, in die Sie sich verliebten, diese schöne dicke Frau ...?»
Er schüttelte heftig den Kopf, seine Augen glühten: «Das geht nicht mehr. Sie hat mich enttäuscht, sie verdient solch tiefe Gefühle nicht von mir. Ich müsste mich selbst belügen.»
Fieberhaft überlegte ich. Irgendetwas musste ich mir einfallen lassen, sonst kriegte ich Miguel nicht aus seinem inneren Kerker heraus.
Plötzlich fielen mir die Fotos ein, die Anna heute Mittag für mich aus dem Labor abgeholt hatte. Sie mussten noch in meiner Handtasche stecken. Tatsächlich, da waren sie ...
Während Miguel mir schweigend zusah, blätterte ich rasch den Stapel Farbfotos durch.
Molly und Nivea auf Kurztrip in Rom! Zwei lachende, übermütige Frauengesichter (Molls und meines) – in Sonne gebadet, charmante Männer, Straßencafés, antike Säulen,

efeubewachsene Innenhöfe. – Und hier: Molly alleine und lasziv hingeräkelt auf der Spanischen Treppe! Dieses Foto war genau das, was ich jetzt brauchte – ich reichte es Miguel über den Schreibtisch hinweg.
Er starrte es an. In seine dunklen Augen trat ein fremder Glanz. Da ahnte ich, dass Moll und ich gewonnen hatten …
«Sie ist wunderschön», sagte er leise, beinahe ehrfürchtig, «darf ich ihren Namen wissen, bitte? Der Name ist wichtig!» Er hatte also begriffen. Kluges Kerlchen!
«Sie nennt sich selbst Molly», sagte ich.
Miguel nickte und reichte mir, nach einem letzten langen Blick darauf, Molls Foto zurück.
«An sie werde ich den Brief schreiben können, glaube ich!», sagte er ernst und stand auf.

Gestern hatte er dann angerufen und gesagt, der Brief sei fertig, aber ein wichtiger Laborversuch hindere ihn daran, heute pünktlich um 19 Uhr in der Praxis zu sein. Da schlug ich ihm dann einfach den Englischen Garten vor …

Miguel saß schon auf der Parkbank, als ich zwei Minuten zu spät aufkreuzte. Es war ein schöner warmer Frühsommerabend. Eine Menge Leute bevölkerten die Wege und Liegewiesen, aber unser Treffpunkt lag etwas abseits, quasi in einem toten Eck. Welches sonst hauptsächlich Liebespaare ansteuerten. Wir würden uns einigermaßen ungestört unterhalten können.
«Hallo», sagte ich und reichte Miguel die Hand, «wie geht es Ihnen heute?»
«Ein kleines bisschen besser», er lächelte mich an. Dann zog

er einen Umschlag aus seiner Brusttasche. «Ich habe viel an diese Frau gedacht.»
«Wie schön!», sagte ich. Und stellte fest, dass mich jetzt doch allmählich ein mulmiges Gefühl beschlich. Immerhin hatte Moll nicht die geringste Ahnung davon, was ich da hinter ihrem Rücken so mit ihrem Konterfei trieb. Und dass soeben ein peruanischer Indianer dabei war, sich heftig und Hals über Kopf in ihr Bild zu verlieben.
Ich überflog den zweiseitigen Brief.
«Wie schön!», entfuhr es mir unwillkürlich.
Du wiederholst dich, Nivea!
«Ich möchte deine Samtlippen küssen!», hatte Miguel zuletzt noch hingeschrieben. Nachdem er zuvor schon Molls schöne Augen, ihre zarte Haut, ihr Engelsgesicht beschrieben hatte! Toll beschrieben, gar nicht kitschig. Richtig poetisch, fast wie in einem Gedicht. Und trotzdem realistisch. Auch wer Moll nicht kannte, könnte sich nach der Lektüre dieses Briefes ein objektives Bild von ihr machen.
«Nächstes Mal werde ich ihr noch mehr schreiben», hörte ich Miguel sagen.
Über uns in einer Baumkrone sang ein Vogel. Es war so schön, ich kriegte glatt eine Gänsehaut. Und dann musste ich plötzlich an meine Nacht mit Hannes denken!
«Sie werden ihr die Briefe geben, nicht wahr? Sie ist doch Ihre Freundin? Hören Sie …» – Miguel hatte sich vorgebeugt und eine Hand sanft auf meinen Arm gelegt. Ich schrak hoch aus meiner Träumerei –, «Sie müssen mir versprechen, Ihrer Freundin Molly meine Briefe zu geben! Weiter will ich gar nichts. So kann ich mir meine Sehnsucht von der Seele schreiben.» Er sah mir eindringlich in die Augen.

Verflixt, Nivea, du bist im Dienst! Auch wenn es nicht so aussehen mag. Dein Klient zahlt für deine ungeteilte Aufmerksamkeit. Und Hannes wolltest du doch ein für alle Mal vergessen!!!
«Ich werde sie Molly mit der Post schicken», sagte ich zu Miguel, «anonym natürlich. Wenn Sie mir versprechen, niemals etwas über unseren Deal auszuplaudern» – ich grinste schief –, «solche Methoden könnten mich meine Zulassung und damit die Praxis kosten. Mein guter Ruf als Therapeutin steht auf dem Spiel.»
«Ich verstehe! Ich gebe Ihnen mein heiliges Indianer-Ehrenwort!» Miguel lächelte, mit ernsten Augen.
Zum Abschied erklärte er mir dann, dass er finde, ich sei eine ganz ausgezeichnete Therapeutin. Mit Hirn und mit Herz! Wobei Letzteres vor allem sei, worauf es ankäme. Bei einem wie ihm und überhaupt ...
Wie auf Engelsschwingen eilte ich nach Hause. Was für ein Tag! Heute hatte ich tatsächlich gleich einige heiße Eisen geschmiedet. Im offenen Feuer.
«Wenn das nur mal alles gut geht, Nivea!», glaubte ich von ferne Annas warnende Stimme zu vernehmen.

Auf meinem Anrufbeantworter fand ich an diesem Abend drei Anrufe verzeichnet. Aber jedes Mal war kurz nach dem Piepston aufgelegt worden.
Mein Herz begann zu flattern. Ob Hannes in der Kneipe gewesen war? Und Moll ihm am Ende dann doch – auf sein hartnäckiges Drängen hin – meine Telefonnummer ...?
Tja, Nivea, das wüsstest du wohl gerne, was? Wozu eigentlich? Du wolltest ihn doch nie, nie, niemals wieder sehen!!!

7

Freitag 03. Juni – 20.15 Uhr
«How to marry rich» oder
«Wie angle ich mir eine(n) Millionär(in)?»
Seminar Nr. 247 Raum 012
Seminarleiterin: Frau Dr. Nivea Cremer, Diplom-Psychologin

Forschen Schrittes betrat ich den Raum 012 der Volkshochschule. 53 erwartungsvolle Gesichter wandten sich mir zu. 51 weibliche und zwei männliche. Was ungefähr auch der statistischen Verteilung draußen im Lande entsprechen dürfte – bloß umgekehrt: Auf 51 Millionäre kamen vielleicht zwei Millionärinnen, höchstens ... Die Leitung der VHS hatte trotzdem darauf bestanden, die Millionär(in) mit im Seminartitel anzugeben.
Es war mucksmäuschenstill im Raum. Alle starrten mich erwartungsvoll an.
«Siehst du, Nivea! Das hast du jetzt davon», wisperte mein innerer Schweinehund, der neuerdings immer öfter wie Anna klang, «jetzt enttäusche die Leute bloß nicht! War schließlich deine Idee, diese neue Seminarreihe. Das heißt, geklaut hast du die Idee ja eigentlich, schamlos geklaut! In Amerika sahnen einige Leute mit solchen Seminaren richtig Kohle ab. Das hattest du irgendwo gelesen. Lediglich der Supereinfall, es damit auch bei uns zu versuchen, der

stammt im Original von dir! Du hast dir den Mund fusselig geredet, um Frau Dr. Neumaier, die Leiterin der VHS, zu überzeugen. Jetzt sieh aber auch zu, wie du das Beste aus der Situation machen kannst. Die Leute lassen hier schließlich ihr sauer verdientes Geld ...»
Voller Optimismus strahlte ich in die Runde.
«Guten Abend, meine Damen, meine Herren! Ich begrüße Sie herzlich zu meinem heutigen Seminar ‹Wie angle ich mir einen Millionär›. Ich hoffe, wir werden viel Spaß zusammen haben.»
Einer der beiden Herren räusperte sich vernehmlich.
«Ich hoffe, Sie erwähnen auch das Angeln von weiblichen Millionären, wie im Programmheft versprochen ...», entfuhr es ihm. Er war noch jung, höchstens dreißig, sah nicht einmal schlecht aus. Dafür war er umso nervöser. Ich tippte auf Torschlusspanik – lieber reich heiraten als arm sterben!
51 weibliche Augenpaare richteten sich auf ihn und musterten den armen Kerl teils amüsiert, teils mitleidig. Einige der Augenpaare allerdings auch kritisch-streng, das fiel mir auf. Der arme Kerl würde in der Folge nichts zu lachen haben. Vielleicht sollte ich ihn gleich zu Beginn dezent warnen? Noch konnte er aussteigen und sich sein Kursgeld zurückerstatten lassen.
Ich wandte mich ihm mit einem wohlwollenden Lächeln zu: «Tja, so Leid es mir tut ... Ich muss Ihnen fairerweise gleich zu Beginn eine Hoffnung rauben! Bei uns in Deutschland hat man es als Mann auf Millionärinnen-Jagd schwer. Eigentlich kommen fast nur reiche Witwen in Frage. Und die treiben sich auch meistens im Ausland herum. In Cannes oder Nizza und ähnlichen Orten, Sie verstehen?

Wenn Sie das Seminar lieber verlassen möchten, so habe ich dafür vollstes Verständnis», versicherte ich ihm herzlich.
Er schüttelte heftig den Kopf. Auch gut, selber schuld!
Der andere Mann, einen Tisch vor ihm, groß und schlank und nicht mehr ganz so jung, machte sich bereits eifrig Notizen. Anscheinend war mein Einstieg ins Seminar also geglückt!
«Meine Mutter sagte oft zu mir: ‹Kind, wenn du dich in einen netten armen Menschen verlieben kannst, warum dann nicht auch in einen netten reichen Mann?› Das hat mir schon damals irgendwie eingeleuchtet, muss ich sagen …» Ich blinzelte schelmisch in die Runde. Da und dort kicherte es, einige lachten.
«Gefühle und Geld schließen sich nämlich keineswegs gegenseitig aus», fuhr ich fort, «und häufig orientieren sich Gefühle sogar an Geld.»
«Das stimmt», rief eine ältere Dame mit adrettem Haarschnitt nach vorne, «je älter man wird, desto klarer wird einem das.»
Zustimmendes Gemurmel, dazwischen Seufzer und verhaltenes Lachen füllten den Raum. Allmählich kam richtig Bewegung in die Sache. Die Damen tauten auf.
«Reiche Menschen wollen auch heiraten. Warum sollte keine von Ihnen die – oder der – Auserwählte sein?», rief ich.
Jetzt lachten alle zustimmend. Einige klatschten sogar. Der Notizenmacher schrieb eifrig mit. Komischer Kauz! Betrieb der etwa Spionage hier?
«Heiraten war immer ein Geschäft, früher sogar noch mehr als heutzutage. Es ging um Grund und Boden und andere Reichtümer, vor allem um deren Vermehrung», dozierte ich

weiter. «Friedensabkommen wurden gerne per Heirat zweier Fürstenkinder besiegelt. Noch heute herrscht in vielen Ländern der Erde die Meinung vor: Zuerst kommt das Geschäft, die Liebe kann später wachsen. Die reine Liebesheirat, wie wir sie in unserem Kulturkreis heute kennen, ist eine relativ neue Erfindung.»

«Und geht meistens früher oder später in die Hose!» Der Zwischenruf kam von einer attraktiven Mittvierzigerin im eleganten Hosenanzug.

Ich nickte zustimmend. «Eben! Man denke nur an die stetig steigende Zahl von Scheidungen in den modernen Industrienationen. Jede dritte Ehe endet hierzulande mittlerweile vor dem Kadi. Tendenz nach oben.»

Zustimmendes Raunen. Nur eine junge dunkelhaarige und bildhübsche Frau vorne links guckte skeptisch drein.

Ich ließ mich nicht davon irritieren. In ein paar Jahren würde sie sich an dieses Seminar erinnern und mir nachträglich Recht geben … «Auch dabei gilt im Übrigen: Sich von einem Millionär scheiden zu lassen ist wesentlich angenehmer, weil lukrativer!», ergänzte ich. «Denken Sie nur mal an Damen wie etwa Ivana Trump.»

Ich warf dem Knaben, der sich so gerne eine Millionärin angeln wollte, einen aufmunternden Blick zu: «Übrigens ein weiterer Tip speziell für unsere beiden Herren hier. Reiche geschiedene Damen lassen sich mindestens so gerne trösten wie ihre ärmeren Leidensgefährtinnen!»

Der Knabe grinste hoffnungsfroh in meine Richtung. Der andere Mann machte sich weiter Notizen, hob nicht einmal den Kopf dabei. Na, wenigstens war er beschäftigt. Einige der Damen diskutierten bereits im Flüsterton miteinander. Der Geräuschpegel schwoll mehr und mehr an.

«Lassen Sie mich nunmehr zum wichtigsten Punkt des Abends kommen – Wo finde ich passende Millionäre männlichen und auch weiblichen Geschlechts?»
Sofort wurde es still im Raum. Dreiundfünfzig erwartungsvolle Augenpaare richteten sich auf mich. Sogar der Notizenmacher saß still da und hörte nur zu. Ich ging langsam auf und ab im Raum, immer zwischen Tür und gegenüberliegendem Fenster hin und her … dreiundfünfzig Augenpaare folgten. Wie beim Pingpongspiel dem Ball, bloß langsamer.
«Ziehen Sie grundsätzlich ins teuerste und vornehmste Viertel der Stadt», ich sprach extra langsam und betonte einzelne Wörter noch besonders, «selbst wenn Sie sich dort nur eine Hundehütte oder eine Mülltonne leisten können. Sie müssen da leben, wo Reiche auch leben!» Ich machte eine kleine Pause, damit alle mitdenken konnten. «Kaufen Sie sich edle Kleider oder Anzüge von anerkannten Designern, am besten in dunklen Farbtönen. So können Sie alles untereinander immer wieder neu kombinieren. Außerdem fallen solche Stücke nicht so auf, wenn Sie ein zweites oder drittes Mal im selben Kreis damit auftauchen müssen. Ein knallrotes Kostüm zum Beispiel hat einen hohen Wiedererkennungsfaktor. Verstanden, das Prinzip, das hinter dem allen steckt?»
Alle nickten, auch die beiden Herren.
«Besuchen Sie grundsätzlich nur Veranstaltungen, auf denen sich reiche Leute bevorzugt herumtreiben. Also Vernissagen und Galerieeröffnungen, Golfturniere, Autorennen, Salzburger Festspiele und ähnliche Events. Wobei Sie sich auch hier nur die teuersten Eintrittskarten besorgen sollten. Es sei denn, Sie können einen Hostessen-Job ergattern. Wie

einstmals eine junge Dame namens Sylvia Sommerlath …» Hier heimste ich Gelächter und Szenenapplaus ein und behielt trotzdem den roten Faden. «Spaß beiseite! Im Normalfall ist die selbst gekaufte Eintrittskarte das Ticket in den Millionärshimmel. Erinnern Sie sich an das Prinzip von Wohnen und Kleidung? Es findet sich hier wieder!», schärfte ich meinem gespannt lauschenden Publikum nochmals ein. Ständiges Wiederholen von wichtigen Thesen war das A und O beim Seminarehalten, das wusste ich noch von der Uni … «Von Spielcasinos würde ich persönlich eher abraten! Erfahrungsgemäß ist die dortige Klientel entweder bereits psychisch abhängig und damit das eventuell vorhandene Vermögen in akuter Gefahr oder arm mit der Hoffnung auf plötzliches Glück im Spiel oder aber genau aus demselben Grund hier wie Sie auch!»

Schallendes Gelächter, erneuter Applaus.

Bravo, Nivea! Das läuft ja wie gebuttert …

«Zum Schluss noch ein Tipp. Wenn Sie unbedingt nur aus reiner, selbstloser Liebe heiraten wollen, dann tun Sie es! Das ist schon okay. Aber geben Sie in dem Fall ab sofort kein Geld mehr aus für nutzlose Seminare wie dieses hier. Spielen Sie lieber Lotto damit. Das Glück in der Liebe geht erwiesenermaßen rasch vorüber. Eigentlich müssten Sie nach wenigen Jährchen bereits im warmen Gewinnregen baden können. Denn wie heißt es doch so schön? Pech in der Liebe, Glück im Spiel! In diesem Sinne wünsche ich Ihnen noch einen schönen Abend.»

Noch mal schallendes Gelächter, donnernder Schlussapplaus. Ich machte winke, winke zum Abschied und schritt mit federnden Schritten zur Tür. Selbstbewusstsein und Kompetenz ausstrahlen – das war die halbe Miete! Dann ka-

men die Leute automatisch auch ins nächste Seminar. Und vor allem glaubten sie einem dann jedes Wort. Was eminent wichtig war. Denn um aus dem Gehörten und Gelernten auch praktischen Nutzen zu ziehen, war der Glaube unentbehrlich.
Aus den Augenwinkeln sah ich, dass alle aufgestanden waren. Bloß der Typ mit dem Notizblock kritzelte immer noch das Blatt voll. Mir dämmerte etwas – ob der Knabe vielleicht am Ende Journalist war? Hoffentlich schrieb er einen rasanten Artikel. Das wäre dann wenigstens eine zugkräftige Werbung für meine Seminare!
Da Nivea Cremer einer festen Bindung grundsätzlich abgeneigt war, würde sie sich nämlich ihre erste Million wohl oder übel ganz allein verdienen müssen.

8

Wieder einmal Dienstagvormittag gegen 10 Uhr. Schreibtischarbeit, wie täglich um diese Zeit. Heute war auch kein «Tag danach». Obwohl Willi Mayer auf Mallorca parkte und sein Wagen hier. Ich hatte der Versuchung, mir erneut den Jaguar auszuleihen, heroisch widerstanden. Schlimmer noch, ich war gar nicht erst in Versuchung geraten! Irgendetwas war los mit mir, bloß was?
Das Wochenende war mit Arbeit ausgefüllt gewesen. Ich musste weitere Seminare für die VHS vorbereiten und schmökerte mich deshalb durch einen Stapel amerikanischer Magazine und Frauenzeitschriften, die ich mir am Hauptbahnhof besorgt hatte.
Sonntag, am frühen Nachmittag, hatte dann Molly angerufen.
«Was ist los mit dir? Wir fragen uns hier alle, wo du steckst.»
«Ich arbeite», erklärte ich wahrheitsgemäß.
Was ich Moll nicht verriet, war die Tatsache, dass ich gestern Abend kaum hatte widerstehen können, in der Kneipe aufzukreuzen. Nur so auf ein schnelles Bierchen. Vielleicht war er ja da und wartete sehnsüchtig …? Aber mit Hilfe einer Flasche Rotwein war es mir gelungen, meine Beine dermaßen bleischwer werden zu lassen, dass sie mich gerade noch ins Schlafzimmer hinübertrugen. Der Rotwein bescherte mir außerdem einen traumlosen, tiefen Schlummer. Und heute früh natürlich prompt Kopfschmerzen. Die waren al-

lerdings leichter zu ertragen als dieses komische Ziehen in der Herzgegend. Das ich neulich genießen durfte, als ich von Hannes geträumt hatte. Die Kopfschmerzen waren fassbarer. Ich wusste schließlich genau, woher sie kamen, und mit Hilfe eines Aspirins waren sie obendrein behandelbar. Alles Dinge, die man von den Stichen in der linken Brust nicht behaupten konnte.

«Hat denn jemand nach mir gefragt?», erkundigte ich mich vorsichtig bei Moll.

«O ja! Bobby und Mike natürlich.»

«Ach so, dann grüß die beiden von mir.»

Moll lachte heiser. «Das klang ganz schön enttäuscht, Nivea! Mir kannst du nichts vormachen. Du hast gehofft, er taucht auf und löchert uns alle wegen deiner Telefonnummer.»

«Ach was! Vergiss es ...»

«Tu nicht so, diese Warterei macht dich doch ganz verrückt, gib es zu. Mir ging es übrigens neulich nach meiner Nacht mit Henry ganz genauso. Und natürlich hat sich der Typ nicht mehr gemeldet ...» Kurze Pause am anderen Ende der Leitung. Ich sagte nichts, wartete einfach ab und lauschte Molls Atem. «Vielleicht sollte ich wirklich zehn Kilo abnehmen, damit mir so was nicht noch mal passiert.» Molls Stimme klang jetzt regelrecht kläglich. «Er wollte nur mal wissen, wie es mit 'ner Dicken ist ...» Ein kleines Stöhnen folgte.

«Untersteh dich!», kreischte ich genervt in den Hörer. «Wenn es Liebe gewesen wäre, würde er dich nehmen, wie du bist, Moll. Und du bist völlig okay, hübsch anzusehen und einfach rundherum ein Prachtweib. Aber das habe ich dir bereits an die tausend Male vorgebetet. Langsam reißt mir der Geduldsfaden!»

Moll lachte wieder, zum Glück!
«Danke für die Blumen, Nivea-Mäuschen! Und, kommst du heute Abend vorbei? Mike hat seinen phantastischen Kanincheneintopf provenzalischer Art angesetzt. Mit viel Knoblauch und frischen grünen Oliven ...» Ihr Appetit schien auch nicht nachhaltig unter der Henry-Geschichte gelitten zu haben. Die zehn Kilo würden bleiben, wo sie waren, dämmerte es mir.
«Klingt verlockend», seufzte ich, «aber, Moll, ich muss wirklich arbeiten.»
«Dieser Typ, dieser Hannes, war vor dem bewussten Abend noch nie in der Kneipe. Sein Freund übrigens auch nicht. Die Gefahr ist also äußerst gering. Deswegen musst du nicht allein zu Hause verhungern», sagte meine clevere Freundin.
Ich kicherte bloß.
«Hör zu, Nivea! Wahrscheinlich waren die beiden ohnehin nur auf Durchreise. Geschäftsmänner tauchen ständig bei uns in der Kneipe auf, vor allem zu Messezeiten.»
«Er wohnt Kaiserstraße 11», warf ich ein, «hatte ich dir das nicht erzählt?»
«Doch, ich hatte es bloß wieder vergessen. Alzheimer im Anfangsstadium, da kommt so was schon mal vor! Na schön, dann bist du ja fein raus! Du weißt seinen Namen, seine Adresse, kannst ihn jederzeit überraschen. Und was weiß er von dir?»
«Schon gut. Ich muss trotzdem arbeiten, Moll, glaub mir. Was macht eigentlich deine Miss-Molly-Wahl?» Wurde wirklich Zeit, dass ich das Thema wechselte.
«Vorgestern habe ich die Teilnahmebedingungen schriftlich angefordert. Obwohl ich mir gar nichts davon verspreche.»

«Warte doch erst mal ab. Und vergiss nicht, ich coache dich aufs Siegertreppchen, Moll! Ob du willst oder nicht!» Damit legte ich auf und stürzte mich wieder in die Arbeit.

Anna brachte eine frische Kanne Früchtetee herein. Ich schaltete den Computer an und legte ein Blatt mit Adressaufklebern in den Drucker ein.

«Danke, Anna! Du bist ein Schatz.»

Draußen, im Empfangszimmer, begann das Telefon zu schrillen. Meine Sekretärin machte auf dem Absatz kehrt. Schnell hämmerte ich Mollys Adresse in die Tastatur und ließ den Drucker losrattern.

Ich holte Miguels Brief aus meiner Handtasche, steckte ihn in einen zartgelben Umschlag und klebte ihn zu. Vorne drauf kam ein Adressaufkleber. Fertig. Kein Absender. Halt, Briefmarke nicht vergessen! Molly zahlte bestimmt freiwillig kein Strafporto für eine anonyme Sendung. So, das wäre erledigt. Noch heute Mittag würde der Umschlag mit der übrigen Post auf die Reise gehen.

Anna streckte den honigblonden Kopf zur Tür herein: «Da war eben eine Dame am Telefon. Klang sehr nett. Sie wollte unbedingt kurzfristig einen Termin für ein Vorgespräch. Sie sagte, es sei dringend. Ich habe ihr 17 Uhr vorgeschlagen. Das war eigentlich der Willi-Mayer-Termin, aber der ist diese Woche ja auf Mallorca. Es ist dir doch recht, Nivea?»

«Ist okay! Name?»

«Brigitte Hornung. Ich bleibe übrigens heute auch länger. Wenn die Lady eine neue Klientin wird, lege ich nachher gleich noch ihre Kartei an», sagte Anna.

«Abwarten und Tee trinken», orakelte ich, «was ist eigentlich los mit dir? Das ist jetzt bereits das dritte Mal innerhalb von zehn Tagen, dass du länger bleibst. Ist die Arbeit hier drinnen in letzter Zeit mehr geworden? Dann müssten wir mal über deine Stundenzahl und das Gehalt neu verhandeln ...»

«Mehr zahlen kannst du mir natürlich immer gerne», schmunzelte Anna, «obwohl du dir das, ehrlich gesagt, zurzeit noch nicht leisten kannst» – sie schob sich jetzt endlich ganz durch die Tür –, «aber davon abgesehen macht mir die Arbeit hier Spaß. Während mir daheim neuerdings immer ziemlich schnell die Decke auf den Kopf fällt. Und dann war ich ja auch in diesem Winter einige Male erkältet. Das arbeite ich jetzt eben nach, zufrieden?»

«Mehr als das, du bist eine perfekte Hilfe!»

Das Telefon begann wieder zu läuten. Anna guckte mich nur groß an, dann huschte sie nach draußen.

Ich starrte auf die Tür, die hinter ihr ins Schloss gefallen war. Irgendwie wurde ich das Gefühl nicht los, dass mit Anna seit einiger Zeit etwas nicht mehr stimmte. Ob es in ihrer Ehe mit Jonathan kriselte? Aber vielleicht bildete ich mir alles auch nur ein. Wenn man ständig beruflich in anderer Leute Problemen herumstochern musste, suchte (und fand!) man wohl irgendwann in jeder Suppe ein feines Haar ...

Brigitte Hornung war eine schlanke dunkelhaarige Frau so um die Mitte dreißig herum. Sie wirkte sympathisch und attraktiv, eine ausgesprochene Schönheit war sie aber nicht. Dafür besaß sie eine intensive Ausstrahlung, die einen sofort für sie einnahm. Auf mich machte sie vor allem einen starken, ausgeglichenen Eindruck. Ganz anders als die meisten meiner Klienten. Was wollte diese Frau von mir?

«Wie kann ich Ihnen helfen?», ließ ich meine übliche allererste Frage vom Stapel, als sie mir gegenüber Platz genommen hatte.

«Ich war letzten Freitagabend in Ihrem Seminar», begann sie, «und habe mich anschließend ganz spontan dazu entschlossen, Sie persönlich aufzusuchen.»

Sie war mir nicht aufgefallen an jenem Abend. Als Zwischenruferin war sie sicher nicht hervorgetreten, sonst würde ich mich an sie erinnern.

«Wie angle ich mir einen Millionär», ich lachte, «Sie sehen gar nicht so aus, als ob Sie eine Frau wären, die so was nötig hat!»

Sie fiel nicht in mein Lachen mit ein. Nur ihre Mundwinkel zuckten kurz nach oben, ehe sie vollkommen ernst sagte: «Ich habe absolut keinen Spaß mehr am Sex!»

«Oh», entschlüpfte es mir, «wenn der Millionär alt genug ist, sollte das kein Problem sein. Ehen ohne Sex müssen nicht die schlechtesten sein ...»

Sie schüttelte leicht resigniert den Kopf und sah mir in die Augen: «Es ist mir ernst damit, und ich suche auch keinen Millionär! Ich suche noch nicht mal einen Ehemann, das ist nicht das Problem!»

«Entschuldigen Sie bitte, ich wollte nicht taktlos sein! Aber als Sie das Seminar erwähnten, dachte ich ...»

Sie unterbrach mich mit einer Handbewegung. «Das Seminar habe ich aus reiner Neugierde besucht. Ich bin Journalistin. Freiberuflich tätig und ständig auf der Suche nach neuen Themen. Sie verstehen?» Ich nickte, und sie fuhr fort: «Als ich Sie dann sah und hörte, dachte ich spontan, Sie könnten die richtige Therapeutin für mich sein.»

«Sie haben also keinen Spaß mehr am Sex», wiederholte ich

ihre Worte von eben, «gibt es dafür einen bestimmten Grund? Hatten Sie ein negatives Erlebnis?»
«So einfach ist es leider nicht! In einem solchen Fall wäre ich durchaus in der Lage, mir selbst zu helfen. Nein, ich bin weder frustriert, noch leide ich unter einem Mangel an Angeboten von männlicher Seite. Ich bin einfach nur schrecklich angeödet, ja angeekelt von der Sache an sich. Mir ist schlicht und einfach der Appetit beim Essen vergangen! Ja, so könnte man es ausdrücken, dieses Bild trifft es eigentlich recht genau.»
Ich starrte Brigitte Hornung an. Noch war mir nicht so recht klar, worauf das Ganze hinauslaufen würde.
Sie griff jetzt nach ihrer Tasche, die ziemlich riesig war, und kramte darin herum: «Darf man hier eigentlich rauchen?»
Ich grinste und deutete auf das offene Fenster: «Im Sommer schon. Hin und wieder genehmige ich mir auch eine.»
Sie hielt mir die offene Schachtel hin. «Na, wenn das so ist! Nehmen Sie auch eine? Ist allerdings light.»
«Ich rauche nur diese Marke, wenn überhaupt.» Wir grinsten uns an, während sie mir Feuer gab. Ich stellte meinen einzigen Aschenbecher auf den Schreibtisch zwischen uns. Wir lehnten uns beide zurück und genossen schweigend die ersten Züge. Ich konnte spüren, wie sich mein Gegenüber entspannte. Gleich würde Brigitte Hornung zum Punkt kommen, ich war mir sicher.
«In letzter Zeit habe ich fast ausschließlich für ein Pärchen-Magazin geschrieben», sagte sie mit ihrer sanften dunklen Stimme, «Softporno-Geschichten. Es geht dabei einzig und allein ums Ficken, anders kann man es nicht nennen. Große Fotos mit viel nackter Haut darauf, wenig Text dazu, der na-

türlich trotzdem eine ganze Bumsstory erzählen soll. Vom Anmachen bis zum Ummachen mit anschließendem Nachspiel und womöglich Happyend. Nach dem Motto: Und sie trieben es fröhlich und tagtäglich mehrmals bis an ihr seliges Ende.»
Brigitte Hornung stieß ein kleines Rauchwölkchen aus. Ihre sorgfältig geschminkten Lippen verzogen sich: «Dabei muss um jeden Preis darauf geachtet werden, dass die Grenze zur Pornographie gerade um Haaresbreite nicht überschritten wird. Weil sonst Zensur droht. Und die Dinger schließlich in jedem Supermarkt im Zeitschriftenregal liegen sollen. Das Blatt, für das ich schreibe, hat übrigens alleine eine wöchentliche Auflage von mehr als hunderttausend Exemplaren.»
«Es rentiert sich also», warf ich ein, «ich nehme an, die Autorenhonorare sind demnach auch nicht schlecht?»
«Aus ebendiesem Grund habe ich vor einem knappen Jahr angefangen mit dem Mist», sagte Brigitte und grinste mich traurig an. «Ich dachte, es sei leicht verdientes Geld. War es ja auch, am Anfang.»
«Und jetzt geht es Ihnen wie dem Gynäkologen, der seine Frau nur noch lieben kann, wenn sie voll angezogen und im dunklen Schlafzimmer auf ihn wartet?»
Brigitte nickte. «So ähnlich und sogar noch schlimmer!»
Wir sahen uns an und mussten grinsen.
«Leben Sie derzeit in einer festen Beziehung?», hakte ich nach.
«Zum Glück nicht. Der arme Kerl täte mir Leid! Der käme überhaupt nicht mehr ran. Bei mir wenigstens nicht. Die Beziehung wäre im Nullkommanichts am Ende. Stellen Sie sich bitte mal vor, Sie müssten sich jeden Morgen an Ihren

Schreibtisch setzen und beschreiben, wie irgendwelche Leute es miteinander treiben. In den verschiedensten Stellungen, an teilweise völlig unmöglichen Orten. Schließlich soll der Sexphantasie der Leser ja auf die Sprünge geholfen werden. Die Redakteure gehen davon aus, dass die Leute die Übungen nachzuturnen versuchen. Also muss gleichzeitig alles auch noch so realistisch wie möglich sein. Und so eine Art Kochrezept darstellen. Missionarsstellung, Analsex, Bumsen im Kopfstand, was auch immer, jeder kriegt erklärt, wie's geht. Dabei soll es stets neu und aufregend klingen. So, als wär's nicht im Grunde genommen immer wieder nur das gute alte Stöpselspiel. Rein, raus, fertig. Hätten Sie da abends nicht auch die Nase voll vom Sex?»

Ich schüttelte mich unwillkürlich. «Brrr, und wie! Mein Gott, Sie Arme!»

«Eben», sagte Brigitte.

Mein letztes Autobahn-Abenteuer mit dem Lockenkopf fiel mir wieder ein. Und ehe mir richtig klar war, was ich da tat, hatte ich es dieser sympathischen Journalistin auch schon brühwarm erzählt ...

«Mein Gott, Sie Glückliche», seufzte Brigitte, «ich beneide Sie richtig. Aber ich könnte so was zurzeit ganz sicher nicht bringen. Sie müssen mir helfen, bitte!»

«Sie sollten mit dieser Sorte von Artikeln so bald wie möglich aufhören», schlug ich vor, «mit dem nötigen Abstand dazu kommt dann auch der Appetit auf Sex zurück. Im Grunde genommen zeigen Sie eine völlig gesunde Reaktion. Sie brauchen keine Therapie, Sie brauchen einen anderen Job!»

«Das ist leider nicht so einfach. Ich lebe von den Honoraren recht gut. Auf alle Fälle muss ich mir zuerst neue Themen

suchen und vor allem Abnehmer dafür. Das kann dauern.»
Das leuchtete mir ein. Ich nickte. Brigitte sog an ihrer Zigarette und starrte aus dem Fenster. Draußen zwitscherten die Vögel. Ich folgte ihrem Blick. Plötzlich sah ich die schwarze Katze, die seit Tagen in dem blühenden Apfelbaum vor meinem Fenster auf Vogeljagd herumtigerte.
Li fiel mir ein. Sie würde morgen kommen. Ob eine Katze Lis Gartenzwerg-Tick würde heilen können? Oder wäre ein Hund vielleicht besser? Nein, eine Katze musste es sein, beschloss ich spontan. Sanft und trotzdem zurückhaltend, wie Li es auch war. Hunde gebärdeten sich zu aufdringlich, vor allem in ihren Liebesbezeugungen. Katzen waren scheuer, konnten auch mal alleine bleiben und wollten nicht ewig Gassi geführt werden. Außerdem bellten sie nicht. Das zumindest hatten sie mit den Gartenzwergen schon mal gemein. Ebenso wie die Fähigkeit, ihrem Besitzer schweigend zuzuhören. Ohne einem dabei ständig übers Gesicht zu lecken.
Während ich immer noch der Katze zusah, die jetzt flach hingeduckt auf einem Ast kauerte, kam mir dieser Artikel wieder in den Sinn, den ich am Wochenende in einem der amerikanischen Magazine gelesen hatte. Es ging dabei um erotische Ausschweifungen in der Tierwelt. Das Ganze war lustig zu lesen gewesen und gleichzeitig interessant und informativ.
«Haben Sie es schon mal mit Tiergeschichten versucht?» Die Frage war mir einfach so entschlüpft, ohne dass ich groß darüber nachgedacht hätte.
Brigittes dunkle Augen hefteten sich auf mich. Sie sagte nichts, schüttelte nur den Kopf.

Ich hob rasch beide Hände. «Ich will Sie nicht auf den Arm nehmen, bestimmt nicht! Aber wussten Sie etwa, dass Delphine oft üble Vergewaltiger sind? Männliche Tümmler machen gruppenweise Jagd auf einzelne Weibchen, treiben sie in die Enge und zwingen sie dann zum Sex. Es soll sogar schon sexuelle Attacken auf Menschen gegeben haben. Die Kerle probieren, wenn sie rollig sind, alles aus, von dem sie vermuten, sie könnten ihren 45-Zentimeter-Penis reinstecken.»

Brigitte warf den Kopf in den Nacken und lachte schallend.

Ich war noch nicht am Ende: «Das wäre doch mal was anderes, Sex- und Tiergeschichten in einem. Jede Tierart treibt's nämlich anders. Von A wie Albatross bis Z wie Zebra.»

Meine Klientin hatte zu lachen aufgehört und sah mir neugierig ins Gesicht. «Wo haben Sie das denn her?»

Ich erzählte es ihr. Brigitte zog einen schmalen, ledergebundenen Taschenkalender hervor und machte sich eine Notiz.

«Hören Sie», sagte ich und sah dabei auf meine Uhr, «die Zeit ist um. Wie schon gesagt, Sie brauchen keine Therapie. Ich käme mir schäbig vor, Ihnen Geld abzuknöpfen für nichts. Aber wenn Sie eine Freundin brauchen für Gespräche und anderes, dann würde mich das sehr freuen.»

Sie stand auf und streckte mir die Hand entgegen: «Ich schlage vor, wir duzen uns. Und ich hoffe, ich kann mich irgendwann bei dir revanchieren für diese Stunde, Nivea!», sagte sie herzlich.

Ich nahm Brigittes Hand und drückte sie. «Das kannst du! Schreib einen rattenscharfen Artikel über meine Seminare. Verkaufe ihn dann an Frauenzeitschriften. Das wäre eine

Superwerbung für mich. Auf Dauer will ich solche Seminare nämlich auf privater Basis abhalten. Vielleicht könnten wir auch gemeinsam ein Buch über die behandelten Themen rausbringen, was meinst du? In den USA ist so was längst der Renner, warum also es nicht auch hier versuchen?»

«Moment, nicht so schnell!», lachte Brigitte und machte sich wieder eine Notiz in ihrem Kalender, «so, gebongt! Ich werde sehen, was sich machen lässt. Im übrigen war letzten Freitag schon ein Schreiberkollege in deinem Vortrag.»

«Der Notizenmacher!», ich pfiff leise durch die Zähne.

«Genau der. Ich kenne ihn flüchtig. Er schreibt für ein Lokalblatt in Augsburg. Ich denke nicht, dass er nur rein privat da war. Ein Bericht in seinem Blatt bringt dir sicher nicht die große Werbung, ist aber doch besser als nichts.»

Ich brachte Brigitte mit dem schönen Gefühl zur Tür, eine neue Freundin gewonnen zu haben.

Ich räumte meinen Schreibtisch auf, als Anna hereinkam.

«Gib mir nur rasch ihre Daten für die Kartei, Nivea.»

Ich schüttelte den Kopf: «Keine Daten, keine neue Klientin. Die Frau ist völlig okay.»

Anna starrte mich mit offenem Mund entsetzt an.

«Das hast du ihr doch nicht etwa brühwarm ins Gesicht gesagt, oder? Jeder hat schließlich irgendeinen Tick, den ein cleverer Therapeut für viel Geld irgendwie behandeln kann! Hast du mir selbst mal erklärt, Nivea.»

«Anna, ich habe genügend Klientinnen, die wirklich Hilfe benötigen. Eine Frau wie Brigitte Hornung ist mir dagegen als Freundin mehr wert als das bisschen Honorar!»

«Hoffentlich kannst du dir eine solche Einstellung auf

Dauer auch leisten», seufzte die gute Seele meiner Praxis und trabte wieder einmal kopfschüttelnd von dannen.
Worauf mir prompt Frau Müllerschön einfiel, die mir morgen Vormittag um elf als erste gegenübersitzen würde. Die Ärmste bezog regelmäßig Prügel von ihrem Angetrauten. Und was tat sie? Sie suchte die Schuld dafür auch noch bei sich selbst. Er hatte ihr eingeredet, sie sei eine schlampige Hausfrau und provoziere ihn überdies durch ihr pampiges Benehmen so sehr, dass er einfach von Zeit zu Zeit ausrasten müsse.
Gerlinde Müllerschön war also zu mir in die Praxis gekommen. Hatte mich händeringend angefleht, ihr doch zu helfen! Sie könne schließlich einfach nicht normal sein, sonst würde sie ihren Gatten doch nicht dermaßen provozieren, oder? Ob ich sie heilen könne?
Tja, da blieb mir doch glatt die Spucke weg!
Heute, nach fast einem Jahr intensiver Therapie, war ich mit Frau Müllerschön gerade mal so weit gediehen, dass sie wenigstens anfing, hin und wieder nachzudenken. Ob nicht vielleicht mit dem Göttergatten auch etwas nicht stimmen könnte …?
Nein, liebe Anna, solange ich solche Klientinnen habe, werde ich bestimmt nicht verhungern, keine Angst!
Ganz zu schweigen von all den Damen, die sich so gerne einen Millionär angeln würden. Alles nur eine Frage der Zeit, bis mindestens jede zweite von ihnen mir frustriert in meiner Praxis gegenübersitzen würde. Für meine finanzielle Zukunft war also gesorgt. Was mir dagegen allmählich Sorgen bereitete, war die Liebe. Oder auch die verflixten Hormone. Oder auch beides, wer wusste das schon so genau. Ich jedenfalls nicht.

Als ich unten aus dem Haus trat, empfing mich eine weiche warme, süß duftende Abendstimmung. Ich schnupperte begierig, irgendetwas Verheißungsvolles schien in der Luft zu liegen. Mein Kopf fühlte sich leicht an, obwohl ich heute schwer gearbeitet hatte. Ich freute mich auf den Heimweg durch Schwabing. Heute war der richtige Abend für einen langen Spaziergang. Bei schlechtem Wetter quetschte ich mich immer in die überfüllte U-Bahn. Und kam letztlich mit Kopfbrummen und schlechter Laune nach Hause. Heute würde ich mir Zeit lassen, an Schaufenstern vorbeibummeln, vielleicht noch irgendwo einen Eiskaffee trinken ... Einen kurzen Moment lang musste ich an den silberfarbenen Jaguar denken. Jetzt rausfahren aus der Stadt, hinein in den Sonnenuntergang, den Lockenkopf neben mir – ob Hannes das gefallen würde?

Halt, stopp, Nivea! Der Lockenkopf hieß sicher nicht auch Hannes! Und Hannes besitzt wiederum keine Locken! Du erfindest dir da ein männliches Prachtexemplar, das so nicht existiert! Hör auf mit diesen Hirngespinsten ... «Träumen wird man ja wohl noch dürfen», maulte ich leise vor mich hin, «Tagträumen ist gut für die Seele!» Der innere Schweinehund schwieg pikiert.

Dafür miaute es jetzt hinter mir. Dann schmiegte sich auch schon ein warmes, schnurrendes Fellbündel an meine nackten Beine. Es war die schwarze Katze vom Apfelbaum. Wahrscheinlich gehörte sie ins Nachbarhaus, wo hauptsächlich Familien und ältere Leute wohnten. In dem Gebäude, in dem ich meine Praxis hatte, gab es nur Büros, einen Zahnarzt und eine Heilpraktikerin. Solche Leute hatten ihre Katzen zu Hause, wenn sie überhaupt so etwas besaßen.

«Na du?», sagte ich und beugte mich hinunter, um die immer lauter schnurrende Mieze zu streicheln. Sie schmiegte ihr Köpfchen in meine Hand und drängte ihren haarigen Buckel noch enger an meine Beine.

«Du Vogelmörderin, du!», schalt ich sie milde. «Holst dir die Jungen aus den Nestern, stimmt's? Kriegst wohl daheim kein Whiskas serviert, hm?»

Aus bernsteinfarbenen Augen blickte sie zu mir auf und maunzte. Dann schnurrte sie wieder in den höchsten Tönen.

«Es macht dir also Spaß, soso! Purer Jagdtrieb zwingt dich in die Bäume, du mörderisches kleines Biest.»

Jetzt fing sie auch noch an, meine Beine mit ihrer rosafarbenen rauen Zunge zu lecken.

«Iiiih, lass das! Ich habe mich heute schon gewaschen ...» kreischte ich.

Irgendwo rief eine müde klingende Frauenstimme: «Ludmilla? Ludmilla, wo steckst du? Komm, mein Kätzchen, es gibt Abendbrot, komm, Ludmilla ...»

Die Schwarze stellte die spitzen Ohren auf und hielt mitten in der Bewegung inne. Sie schien zu lauschen.

«Ludmilla, komm, mein Kätzchen!», erklang es jetzt schon herrischer.

Mir begann zu dämmern, dass meine neue Katzenfreundin auf den neckischen Namen Ludmilla hörte. Und tatsächlich begann sie sich langsam, dann immer schneller in Bewegung zu setzen. Mit einem eleganten Sprung enterte sie die Hecke zum Nachbargrundstück. Oben warf sie mir einen letzten bernsteinfarbenen Blick über die linke Schulter zu und sprang auf der anderen Seite zu Boden. Ich hörte noch ein sanftes Blopp – und Ludmilla ward nicht mehr gesehen.

Im selben Moment, in dem sie verschwunden war, begann ich mich auch schon zu ärgern, dass ich die schwarze Katzenlady nicht kurzerhand entführt hatte. Sie trug kein Halsband, das auf einen Besitzer hingewiesen hätte, und war mir schließlich vorhin regelrecht zugelaufen. Eigentlich gehörte die Katze somit mir, folgerte ich. Alte Regel aus dem Wilden Westen.

So zutraulich wie Ludmilla sich eben gezeigt hatte, hätte sie genau das richtige Schmusetierchen für Li abgegeben!

«Willst du jetzt auch noch mit dem Klauen anfangen, Nivea? Reicht es etwa nicht, dass du einige deiner Klienten nicht davon abhalten kannst?», sprach mein innerer Schweinehund prompt wieder zu mir.

Ich beschloss, ihn zu ignorieren und mir von ihm den herrlichen Abend nicht kaputtmachen zu lassen. Während ich gut gelaunt durch Schwabing strolchte, überlegte ich, wie ich Li ein Kätzchen verschaffen könnte. Ins Tierheim mochte ich sie nicht schicken, dort bekam sie garantiert einen Schock, sensibel wie Li nun einmal war. Vermutlich würde sie dann alle Viecher auf einmal mit nach Hause nehmen wollen. Gartenzwerge besaß sie immerhin auch im Dutzend.

Ah, Bobby natürlich!

Ich blieb stehen und schlug mir mit der flachen Hand gegen die Stirn. Ein älterer Herr guckte mir verdutzt dabei zu. Ich übersah seinen fragenden Blick und ging langsam weiter. Dass ich daran nicht schon längst gedacht hatte! Bobby war schließlich beim Tierschutzverein. Und sein Freund Bruno besaß eine Zoohandlung mit angeschlossener Tierschule. Da müsste doch wohl eine zweite Ludmilla aufzutreiben sein?

Wieder ein Problemchen gelöst! Ich begann leise vor mich hin zu pfeifen. Jetzt konnte der Feierabend wirklich beginnen.

Vergnügt bog ich um eine Straßenecke und überlegte gerade, ob ich mir zu Hause gleich Spaghetti mit Knoblauch und frischer Tomatensauce gönnen sollte, als mich beinahe der Schlag traf …

Hannes! Der blonde Kerl dort drüben war eindeutig Hannes!

Er kam geradewegs aus dem Haus mit der Nummer 11 in der Kaiserstraße. Aus irgendeinem dummen Zufall hatten mich meine Beine schnurstracks hierher getragen. Obwohl ich doch eigentlich in der entgegengesetzten Richtung wohnte! Konnte man so was wirklich noch als Zufall bezeichnen?

«Nivea, was soll denn das? Kleine Freud'sche Fehlzündung, wie?», höhnte mein innerer Schweinehund.

Entsetzt kauerte ich mich hinter ein parkendes Auto. Zum Glück schien Hannes mich noch nicht gesehen zu haben. Er schleppte gerade eine mit einem Tuch verhüllte Kiste aus dem Haus und ging damit zu einem parkenden Auto auf der anderen Straßenseite. Das Ding schien schwer zu sein, deswegen guckte er auch nicht links und rechts. Sonst hätte er mich sehen müssen!

Er stellte die Kiste auf dem Autodach ab, dann sperrte er die Heckklappe auf. Die Kiste wurde sorgfältig verstaut, die Heckklappe geschlossen. Hannes ging um den Wagen herum, einen uralten dunkelblauen BMW, der verdächtig nach Rostlaube aussah. Er sperrte die Fahrertür auf und schwang seine langen Beine hinein. Der Motor spuckte und hustete beim Anlassen, bis er schließlich wütend aufheulte.

Den nächsten Winter würde die Karre nicht überstehen, dachte ich hämisch. Nach einigem Vor- und Rückwärtsgestoße fuhr der BMW aus seiner engen Parklücke.
Hinter ihm wartete bereits eine platinblonde und langhaarige Cabrio-Fahrerin auf den begehrten raren Parkplatz. Lässig warf sie die Mähne in den Nacken, als Hannes ihr locker-flockig beim Wegfahren zuwinkte.
Vor Ärger wurde mir einen Moment lang richtig flau. Es war nicht zu übersehen gewesen. Er hatte mit der Blonden geflirtet!
Jetzt fegte er auch noch mit quietschenden Reifen die Kaiserstraße runter, der Angeber! Hoffte wohl, dass sie ihm bewundernd hinterherstarrte … Tat sie aber nicht, ätsch!
Wütend erhob ich mich aus meiner unbequemen Kauer-Position, meine Kniegelenke knirschten empört. Aua, das tat ja tatsächlich richtig weh! Und alles bloß wegen diesem Mistkerl! Der seinen Verstand offenbar auch nur in der Hose spazieren trug …
Bis ich endlich zu Hause ankam, hatte ich mich schwarz geärgert über meine eigene Blödheit. Wie hatte ich einfach so in der Kaiserstraße landen können? Ohne irgendeinen tieferen Sinn oder Beweggrund, ja sogar völlig ohne Absicht …?
Es war mir schleierhaft! Solche Aussetzer kannte ich doch sonst nicht von mir. Was würde ich einer Klientin in einer solchen Situation wohl sagen? «Sie wollten dorthin gehen, meine Liebe, sonst hätten Sie es nicht getan! Machen Sie sich das bewusst. Der Mann bedeutet Ihnen mehr, als Ihnen lieb ist. Ob es Ihnen nun paßt oder nicht. Ganz tief drinnen wissen Sie das auch genau, wenn Sie einmal ehrlich zu sich selber sind, richtig? Und das müssen Sie sein, sonst finden

Sie nie heraus, was Sie wirklich wollen. Sonst lügen Sie sich weiter fröhlich in die eigene Tasche ...» Verdammte Psychologie!

Diese Episode hatte mir jetzt doch glatt die schöne Abendstimmung vermasselt! Lustlos durchforstete ich meinen Kühlschrank, dessen Inhalt nicht viel hergab. Frische Tomaten waren noch da, auch Knoblauch, aber zum Spaghettikochen hatte ich jetzt keine Lust mehr. Zum Nachdenken auch nicht.

Eine halbe Stunde später trudelte ich bei Molly und Bobby in der Kneipe ein. Mein Magen knurrte, und Bier war auch keines mehr im Kühlschrank gewesen. Aber ein solches brauchte ich dringend, auf den Schreck dieses Abends hin.

Außerdem wollte ich Bobby fragen wegen Lis Katze. Ich kannte seinen Kumpel Bruno mit dem Tierladen nur flüchtig, er war ein-, zweimal abends in der Kneipe gewesen. Von Therapeuten hielt er nicht viel, hatte er jedes Mal deutlich heraushängen lassen. Es war mir daher in jedem Fall lieber, wenn Bobby die Sache deichselte. Vielleicht konnten wir uns auch zu dritt gleich morgen bei Bruno im Geschäft treffen.

9 «Aber eine Katze macht Arbeit», protestierte Li zaghaft und im Flüsterton.

«Eben, dann sind Sie wenigstens beschäftigt, meine Liebe! Und gehen nicht wieder auf Gartenzwerg-Raubzug. Ich habe keine Lust, für Sie noch einmal die Retterin zu spielen. Es war schwierig genug, den Schrebergartenbesitzer davon zu überzeugen, die Anzeige fallen zu lassen!», erklärte ich kühl.

Li schluckte. Eine feine Röte breitete sich auf ihrem Hals und den Wangen aus. Himmel, war die Frau leicht einzuschüchtern! Natürlich hatte sie alles Recht der Welt, sich gegen meine Therapiemethoden zur Wehr zu setzen. Schließlich konnte man einen erwachsenen Menschen nicht dazu zwingen, sich ein Haustier zuzulegen. Im Grunde genommen war das, was ich hier mit Li vorhatte, eine subtile Form von Erpressung. Außerdem benutzte ich sie als Versuchskaninchen, dämmerte es mir. Schon in meiner Doktorarbeit hatte ich mir seinerzeit Gedanken gemacht über die heilsamen Auswirkungen der Tierliebe auf die menschliche Psyche. Und Li war das ideale Opfer, um meine Thesen zu untermauern. Die Frage war bloß, was die arme Katze dazu sagen würde, könnte sie es denn!

Dies alles dämmerte mir im Bruchteil einer einzigen Sekunde. Beinahe hätte ich noch eingelenkt und die ganze Aktion abgeblasen. Aber es war bereits zu spät.

Zu dritt standen wir (Bobby, Li und ich) bei Bruno im Laden herum. Es roch nach Sägespänen und irgendwie auch nach Raubtierhaus. Jaguarpisse vielleicht?, überlegte ich und musste grinsen. Jedenfalls schärfer als Katzenpipi, aber in die Richtung ging es.

Ein riesiger bunter Papagei, der in einer Voliere herumkletterte, krakeelte lautstark los bei unserem Anblick: «Du Stinktier!»

«Halt die Klappe, Alex!», brummte Bruno unfreundlich.

«Halt selber die Klappe, Stinktier!», sagte Alex wieder überraschend deutlich.

Bruno grinste und kniff ein Auge zu, während er uns alle drei lässig mit Handschlag begrüßte. «Schlaues Kerlchen, der Alex, was? Spielt demnächst wieder in einem neuen Film vom Wenders mit.»

«Stinktier, Stinktier», krakeelte Alex heiser.

«Wird das ein Western?», erkundigte ich mich bei Bruno.

«Wie meinen?»

«Na, der Wenders-Film. So viele Stinktiere bringt ein Regisseur doch höchstens in einem Western problemlos unter.»

«Haha», sagte Bruno beleidigt, «unsere Frau Doktor mit dem ihr eigenen ganz speziellen Sinn für Humor.»

«Ruhe, ihr beiden!», ließ sich jetzt Bobby hören. Ich zwinkerte ihn vertraulich an: «Vielleicht solltest du den Vogel in deiner schärfsten Bloody Mary baden. Und ihm gleich noch einen halben Liter einflößen von dem Zeug! Hilft doch angeblich gegen Stinktiere, hast du mir neulich selbst erzählt.»

«Gegen den Gestank, Nivea, nur gegen den Gestank. Außerdem sind wir doch hergekommen, um für Li eine Katze auszusuchen, wenn ich mich nicht irre. Alex schwätzt sowieso, was er will, stimmt's, Alex?»

«Stinktier, Stinktier», krächzte Alex.

«Nebelkrähe!», rief Bobby und lachte gutmütig. Dann legte er einen Arm in einer beschützenden Geste um Lis schmale Schultern. Sie reichte ihm gerade bis an die Achselhöhle. Dankbar lächelte sie zu ihm hoch. Bobby grinste ritterlich zurück.
Ich war augenblicklich beeindruckt, so innig wirkte die Szene auf mich. Dabei hatten die beiden sich doch gerade eben erst kennen gelernt. Und schon himmelte Li Bobby sichtlich an! Dem wiederum schien ihr Porzellangesichtchen mit dem knallrot geschminkten Mund ausgesprochen gut zu gefallen. Die beiden guckten sich eine Spur zu lange und zu intensiv in die Pupillen, gleich musste es funken!
Es funkte auch. Und zwar ich dazwischen!
«Kommen Sie, Li! Wir zwei Hübschen gehen jetzt mal nach hinten zu den Schmusekätzchen.» Resolut packte ich ihren Arm und zerrte sie kurzerhand aus Bobbys Arm.
Li war momentan nicht in der Verfassung, sich Hals über Kopf zu verlieben. Meiner fachfraulichen Meinung nach. Und dann auch noch in einen Kerl wie Bobby!
Natürlich musste er ihr wie der große, starke Ritter aus dem Märchen erscheinen, der kleinen zarten und schüchternen Li. Sicher träumte sie oft heimlich vom Märchenprinzen, der sie auf seinem Pferd entführen würde.
Was, wenn sie ihr Traumbild nun ausgerechnet Bobby überstülpte und ihn zu ihrem Märchenprinzen erkor? Ich kannte Bobby lange genug, um zu wissen – der brauchte selber eine starke Frau, die ihn zu lenken verstand. Bis jetzt hatte Molly diese Rolle übernommen. Li wäre niemals in der Lage, den Part zu spielen.
Wenn ich jetzt zuließ, dass Bobby sich in Li verliebte oder sie sich in ihn, tat ich beiden keinen Gefallen!

«Die ist aber süß», erklärte Li keine zwei Minuten später mit verklärtem Gesichtsausdruck. Eine offensichtlich noch junge und grau getigerte Katze schmiegte sich in Lis Armbeuge und begann wie auf Kommando zu schnurren.
Braves Kätzchen! Ich atmete auf. Liebe auf den ersten Blick bei Li, wenn mich nicht alles täuschte. Damit war Bobby hoffentlich deutlich abgeschlagen.
«Eine schöne Katze», bekräftigte ich, «steht Ihnen wirklich gut, Li.»
«Er heißt Boris», platzte Bruno dazwischen, «und er muss noch kastriert werden.»
«Nein, muss er nicht!», rief meine zarte Li plötzlich erstaunlich laut und hart. «Das lasse ich nicht zu. Boris soll ein gutes Leben haben bei mir.»
«Aber er wird ständig auf Brautschau unterwegs sein, wenn er nicht kastriert wird», mischte sich jetzt auch Bobby wieder ein, der uns gefolgt war wie ein treues Hündchen. Er grinste mit plötzlich roten Ohren. Interessiert betrachtete ich das Farbenspiel. Der gute Bobby hatte nicht viel Übung im Anbaggern, dämmerte es mir. Sonst wäre er jetzt nicht so verlegen geworden. Dabei arbeitete der Knabe seit Jahren in der Gastronomie, es war kaum zu glauben!
Li funkelte ihn böse an. «Das ist mein Kater! Und mit dem kann ich machen, was ich will, oder?»
Bobby trat erschrocken einen Schritt zurück. «Klar, natürlich kannst du das, aber sicher ...» stammelte er. Jetzt wurden seine Ohren plötzlich wieder blass. Von einer Sekunde zur anderen. Interessant, höchst interessant!
Bruno zuckte nur lässig mit den Schultern: «Des Menschen Wille ist sein Himmelreich. Kannst ihn später ja auch noch zum Tierarzt bringen», sagte er zu Li. Die funkelte immer

noch den armen Bobby an, dabei hatte er es bloß gut mit ihr gemeint.
Ich biss mir fast die Unterlippe blutig, um nicht laut loszulachen. Die Dinge entwickelten sich immer offensichtlicher in meinem Sinne.
Zehn Minuten später standen Li und ich samt Boris im Katzenkorb wieder auf der Straße. Es war mir gelungen, Bobby bei Bruno abzustreifen, der noch Hilfe brauchte beim Volierenausbau. Alex sollte in den nächsten Tagen eine Gefährtin bekommen. Damit war die Gefahr vorerst gebannt, dass Bobby Li ritterlich samt ihrer lebenden Last nach Hause brachte. Und sie ihn auf eine Tasse grünen Tee einlud.
Dafür musste prompt ich jetzt Li im Taxi heimgeleiten. Sie war nun doch etwas verzagt, ob Boris sich in die neue Umgebung einfinden und wie sie selbst mit ihm klarkommen würde. Das hatte ich wieder einmal davon. Und dabei hasste ich grünen Tee aus vollstem Herzen!

Miguel hatte sich ganz vorne auf der Stuhlkante platziert. Nervös drehte und wendete er ein gefaltetes Blatt Papier in seinen Händen.
«Ein zweiter Brief an Molly?», fragte ich und streckte eine Hand über den Schreibtisch danach aus.
Aber Miguel verzögerte die Übergabe.
«Hat sie … haben Sie schon etwas von Molly gehört?», fragte er vorsichtig.
«Ich habe den Brief erst dienstags losgeschickt, und heute haben wir Donnerstag», sagte ich, «sie wird ihn gestern bekommen haben. Außerdem weiß sie ja nicht, dass ich die Hände mit im Spiel habe. Wir sind zwar Freundinnen, aber

das heißt noch lange nicht, dass wir keine Geheimnisse voreinander haben dürfen. Der Brief trug keinen Absender, und unterzeichnet hatten Sie lediglich mit ‹Em Punkt›, lieber Miguel! Moll hat also den Liebesbrief eines anonymen Verehrers erhalten, na und? Als attraktive Single-Frau kriegt sie so was bestimmt häufiger. Ich erwarte eigentlich nicht, dass Molly mir davon erzählen wird.»
Miguel schluckte, ich konnte es an seinem Adamsapfel sehen.
«Außerdem sollten Sie die Briefe ja auch nicht in der Absicht schreiben, Molly herumzukriegen», erinnerte ich ihn, «ich hatte Ihnen nur ein Bild von ihr gezeigt, weil Sie behaupteten, sich Ihre Sehnsüchte nicht ohne konkretes Beispiel vor Augen von der Seele schreiben zu können! Wissen Sie das nicht mehr? Versuchen Sie nicht, mich aufs Glatteis zu führen, Miguel.»
Unter meinem sanften, aber eindringlichen Blick (monatelang vor dem Spiegel zu Hause einstudiert) gab Miguel klein bei und nickte. Widerwillig zwar, aber er nickte.
Kaum ein Mensch hielt einem solchen Blick auf Dauer stand, das wusste ich mittlerweile aus der eigenen Praxiserfahrung. Jeder Therapeut tat so, als wüsste und durchschaute er alles. Und als habe er außerdem Verständnis für alles, was er wusste und durchschaute. Auch wenn er in Wirklichkeit mit seinen Gedanken gerade beim verlorenen Tennismatch von gestern Abend verweilte (seine Rückhand musste noch besser werden! Ob eine Intensiv-Trainingswoche in Tunesien in nächster Zeit drin war? Wenn er mit dem störrischen Klienten hier fertig wäre, würde er gleich mal einen Blick in den Terminkalender werfen). So waren wir eben, wir Therapeuten.

«Wie geht es Ihnen denn jetzt durch das Schreiben?»
Ich beugte mich vor und sah Miguel gespannt an.
«Ich habe mich verliebt!» Er wich meinem Blick aus.
«Na, das ist doch schön», sagte ich vorsichtig, «wie heißt sie denn?»
«Molly, wie sonst!», erwiderte er trotzig und starrte mich dabei herausfordernd an.
Na klar doch, wie sonst! Das hast du jetzt davon, Nivea! Unwillkürlich nickte diesmal ich. Was nicht gerade professionell war, aber was sollte ich machen?
«Das ist aber gar nicht Sinn der Übung, Miguel», ich guckte ihn jetzt traurig an, «Sie enttäuschen mein Vertrauen. Wenn ich das geahnt hätte, wäre ich niemals bereit gewesen, Ihnen dieses Foto zu zeigen. Es sollte lediglich Ihre Phantasie anregen.»
«Das weiß ich. Und es tut mir auch Leid. Aber gegen Gefühle kann man nichts machen. Die kommen einfach und sind dann da und quälen einen. Man kann nur versuchen, mit ihnen klarzukommen. Ich weiß ja, dass ich Molly nie treffen darf. Es macht mir aber große Freude, ihr wenigstens zu schreiben. Und zu wissen, dass sie es lesen wird. Hier irgendwo in dieser Stadt, vielleicht sogar ganz in meiner Nähe. Meine Seele hat dadurch wieder angefangen zu atmen. Nachts träume ich auch wieder, meistens von Molly. Wenn ich aufwache, fühle ich mich gut. Ich freue mich jeden Abend auf den Schlaf und den nächsten Traum von ihr. Es geht mir besser ...» Er brach ab und lächelte mich treuherzig an: «Wirklich, es geht mir bereits viel besser.»
Innerlich atmete ich auf. Meine Behandlungsmethode war eben doch die richtige für Miguel! Das allein war es, was zählte. Und sonst gar nichts. Er träumte wieder, und er

freute sich wieder auf etwas. Der erste und wichtigste Schritt war getan. Eines Tages würde er auf der Straße ein hübsches rundliches Girl sehen und es ansprechen. Oder sie würde ihn anlächeln, weil er so guckte, und darauf würde er sie zu einem Kaffee einladen, und sie würde annehmen. Dann wäre wirklich alles in Ordnung. Bloß ich würde einen Klienten weniger haben. Aber das machte nichts, dafür kam sicher ein anderer.

Wir sahen uns an, und Miguel reichte mir den zweiten Brief an Moll herüber.

Freitag, 10. Juni – 20.15 Uhr
«How to Make Anybody Fall in Love with You» oder
«Wie schaffe ich es, dass sich jemand in mich verliebt»
Seminar 248   Raum 012
Seminarleiterin: Frau Dr. Nivea Cremer, Diplom-Psychologin

Der Seminarraum war diesmal sogar noch voller als beim letzten Mal. Das hatte ich nicht erwartet, deswegen freute ich mich umso mehr. Es waren heute auch wesentlich mehr männliche Gesichter unter den Anwesenden. Von den weiblichen Zuhörern erkannte ich einige wieder, das waren also Wiederholungstäterinnen. Denen hatte der Abend letzte Woche wohl gefallen. Sehr erfreulich … Ganz rechts außen, in der Nähe des Fensters, saß Brigitte Hornung und grinste zu mir herüber. Sie hatte also ihr Versprechen, einen Artikel über die Seminarreihe zu schreiben, nicht vergessen. Ich nahm mir vor, sie hinterher auf ein Bier zu Molly einzuladen. Ein gewisser Johannes Kohlbeck würde schon nicht ausgerechnet heute dort auftauchen. Und wenn, dann würde ich ihn einfach ignorieren.

Ich atmete tief ein und legte los: «Guten Abend, meine Damen und Herren ...»
Als Einstieg in das heutige Thema vermittelte ich meinem gebannt lauschenden Publikum zunächst so ein bisschen allgemeines Wissen rund um das Phänomen Liebe herum. Ich sprach über die chemische Seite. Das Hormon Phenylethylamin sei schuld daran, wenn wir uns verliebten, erklärte ich.
Das schien besonders die Herren unter meinen Zuhörern zu interessieren. Erwartungsvoll starrten sie mich an. Einige beugten sich gespannt vor. Kam ja auch der männlichen Denkweise entgegen, dachte ich: Alles ist mach- und regulierbar heutzutage mit Hilfe von Wissenschaft und Technik.
Und prompt platzte einer mit einem Seehundschnauzer im Gesicht ungeduldig in meinen flüssigen Vortrag: «Gibt's denn schon eine Pille mit diesem Phenyldingsbums drinnen?»
Ich musterte ihn amüsiert. «Sie meinen so was Ähnliches wie Viagra? Schluck mich, und du bist verliebt?», fragte ich zurück.
Einige Damen kicherten hämisch im Hintergrund. Brigitte schmunzelte in sich hinein, das beobachtete ich aus den Augenwinkeln.
«So in der Richtung, ja», strahlte der Seehundschnauzer hoffnungsfroh.
«Da muss ich Sie enttäuschen, so Leid es mir tut. Außerdem weiß bislang niemand, ob eine künstliche Zufuhr von Phenylethylamin die Verliebtheit überhaupt auslösen könnte. Man hat nur nachgewiesen, dass sein Gehalt im Blut frisch verliebter Versuchspersonen deutlich höher lag als bei Nor-

malsterblichen. Aber möglicherweise ist es ja eines Tages so weit, und es wird eine solche Pille geben. Allerdings ...» – ich machte eine kleine Pause und ließ meine Blicke durch den Raum schweifen – «... vielleicht stellen sich die anwesenden Herren einmal folgende Situation vor: Ein nicht mehr ganz so junger Mann möchte sich in eine bestimmte Dame verlieben. Dazu schluckt er zuerst einmal die Pille mit dem Hormon Phenylethylamin. Anschließend muss er dann feststellen, dass er jetzt auch noch Viagra benötigt, um seine Liebe auch in die Tat umzusetzen. Was für ein Chemiecocktail! Wie wird da wohl seine arme Leber reagieren, der Kreislauf, der Blutdruck? Von den Kosten einer solchen Kur will ich gar nicht erst reden ...» Gelächter unterbrach mich.

Der Seehundschnauzer grinste resigniert. Einige Damen klatschten in die Hände. In den hinteren Reihen tobten bereits wieder lebhafte Diskussionen.

Es wurde Zeit, einzuschreiten und die Ruhe im Saal wiederherzustellen. Ich hob die Hände: «Männer wissen im Allgemeinen nicht, was Frauen wollen!», rief ich.

Sofort wurde es still. Alle starrten mich an.

«Es sei denn, sie heißen Casanova. Dieser Herr wusste sehr genau Bescheid über das, was Frauen wollen. Deshalb fiel es ihm auch so leicht, jede, die er haben wollte, zu erobern. Und im Grunde genommen ist es auch ganz einfach! Sie müssen nur einige Grundregeln beherzigen. Grundregeln, die natürlich für beide Geschlechter gelten und wechselseitig angewendet werden können.»

Ich plauderte locker über Komplimente und ihren bestmöglichen Einsatz, Körpersprache und ihre Wirkung auf andere und verführerische Gesprächseinleitungen.

Der Seehundschnauzer hatte schon wieder was auf dem Herzen. «Aber was ist mit den Frauen? Wissen zum Beispiel die anwesenden Damen hier alle, was Männer wollen?»

«Klar doch! Dreimal f, sprich efefef!», ertönte es aus einer der letzten Reihen hinten an der Wand. Einige der Männer drehten sich neugierig um.

Ein weiblicher Chor intonierte jetzt mehrstimmig: «Fußball, Fressen, Ficken ...» Der Rest ging in prustendem Gelächter unter.

Aufgepasst, Nivea! An dieser Stelle könnte dir sonst der Abend sanft entgleiten. Die Leitwölfin bist du! Übernimm also wieder die Führung ...

«Meine Damen», rief ich milde in den Tumult hinein, «wissen Sie eigentlich, was ein Killerkompliment ist? Nein? Nun, Sie werden es gleich von mir erfahren. Und anschließend dürfen Sie das Gelernte dann auch paarweise hier gleich mal üben. Die anwesenden Herren werden sicher gerne mitspielen, nicht wahr?»

Völlige Ruhe im Saal. Alle Gesichter wandten sich wieder mir zu. Brigitte hob den Daumen und zwinkerte mir zu.

«Ich gebe Ihnen jetzt ein Beispiel eines geradezu klassischen Killerkomplimentes», fuhr ich fort. Es war so mucksmäuschenstill im Seminarraum 012, man hätte glatt eine Blattlaus husten hören können.

«Nach ein paar Treffen fragen Sie Ihren Partner, was er oder sie sich denn als Text für die eigene Todesanzeige in der Zeitung wünscht! Wir üben das jetzt gleich mal in der Praxis. Würden Sie beide bitte so freundlich sein und zu mir nach vorne kommen?»

Ich deutete zuerst auf den Seehundschnauzer und dann auf meine Freundin Brigitte. Die funkelte mich zwar strafend

an aus ihren dunklen Augen, kam dann aber doch ohne Zögern auf mich zu. Der Seehundschnauzer zierte sich mehr. Aber als er Brigittes ranke, schlanke Figur sah, hatte er es auf einmal eilig mit dem Nachvornekommen.
«Nun, mein Herr, Sie sind dran! Wie sollte Ihre Todesanzeige denn aussehen?», fragte ich ihn.
Gelächter aus den hinteren Reihen.
«In meiner Todesanzeige soll dereinst stehen: ‹Er war ein Mann, der durch seine Liebe Licht und Wärme ins Leben anderer gebracht hat›», sagte er konzentriert. Er starrte dabei Brigitte an, als wolle er die Arme hypnotisieren.
Und Brigitte Hornung, klug und warmherzig wie sie war, machte das Killerkompliment: «Ich liebe dich, weil du in meinem Leben das Licht und die Wärme bist.»
Im Publikum schluchzte jemand trocken auf. Zumindest hatte es sich so angehört. Dann begannen zwei, drei Leute rhythmisch zu klatschen. Andere fielen ein, schließlich applaudierte der ganze Saal. Ich konnte in den Gesichtern lesen, dass viele tatsächlich gerührt waren.
«Gut gemacht, du bist eine Wucht!», flüsterte ich Brigitte zu. Der Seehundschnauzer küsste ihre Hand und sank dazu theatralisch auf sein linkes Knie.
Brigitte strahlte stolz. Die kleine Szene hatte ihr offenbar Spaß gemacht. Sie genoss den Applaus und war richtig charmant zu dem Seehundschnauzer, fiel mir auf.
«Wie ich höre und sehe, haben alle offenbar auf Anhieb erkannt, was man unter dem Begriff ‹Killerkompliment› versteht», stellte ich zufrieden fest. «Erfunden wurde diese höchst wirksame Formel übrigens, wie so vieles, im Land der unbegrenzten Möglichkeiten. Ich schlage vor, wir üben nun gemeinsam mögliche Variationen des klassischen Kil-

lerkompliments. Immerhin möchte vielleicht nicht jede Dame oder jeder Herr über die eigene Todesanzeige oder gar die Inschrift des künftigen Grabsteins mit uns plaudern …» Gelächter und Applaus stoppte meine diesbezüglichen Ausführungen.

Die restliche Zeit bis zum Ende des heutigen Seminars verging wie im Flug. Meine Schüler übten voller Enthusiasmus Killerkomplimente. Jeweils zu zweit bat ich sie dazu nach vorne zu mir.

Da weniger Männer als Frauen anwesend waren, liefen einige der Herren geradezu zur Hochform auf und vollbrachten freiwillig phantasievolle Sonderleistungen. Der Umgangston wurde immer freundlicher, dann geradezu herzlich. Die Herrschaften kamen sich näher, das war deutlich zu spüren.

Nivea Cremer war zufrieden mit sich, als sie den Abend schließlich beschloss.

Ich wartete unten im Hof auf Brigitte. Als sie schließlich kam, zockelte prompt der Seehundschnauzer neben ihr her. Als Brigitte mich bemerkte, blieb sie stehen und reichte ihm die Hand. «Schönen Abend noch. Ihre Telefonnummer habe ich notiert, ja. Bei Gelegenheit vielleicht einmal …» hörte ich sie sagen. Er gab sich sofort geschlagen und zog ab.

«Na?», lachte ich zwei Minuten später, als Brigitte und ich untergehakt Mollys Kneipe entgegenstrebten, «schon eine Eroberung gemacht, wie?»

«Ich werde das Gefühl nicht los, Nivea, du genießt es geradezu, fremde Leute miteinander zu verkuppeln», sagte Brigitte mit gespielter Strenge.

Ich blieb erschrocken stehen. «Das meinst du doch nicht im Ernst, oder?»
«Aber sicher meine ich das ernst! Hat dir das denn noch nie jemand geflüstert?»
«Nö, nie! Ehrlich nicht, Brigitte!»
«Kommt schon noch», sagte Brigitte und grinste siegessicher, «früher oder später. Dann wirst du an mich denken.»

In der Kneipe herrschte Hochbetrieb. Wie jeden Freitagabend. Entsprechend laut und verraucht war es. Brigitte kämpfte sich an die Bar durch, ich folgte ihr auf dem Fuße. Einen großen Blonden mit verstrubbeltem dichtem Haarschopf konnte ich nirgends entdecken. Hinter dem Tresen fuhrwerkte Bobby reichlich hektisch herum.
«Cocktailstunde?», rief ich und: «Hallo, Bobby, wie geht's?»
Er war so beschäftigt, dass er nur kurz zu Brigitte und mir herübernickte.
Molly fegte hinter meinem Rücken vorbei Richtung Küche. In den Händen ein Tablett mit schmutzigen Tellern und Essensresten. Als sie mich sah, blieb sie ruckartig stehen.
«Hallo, Nivea! Er ist frisch verliebt», überschrie sie den Lärm und zeigte mit dem Kinn auf Bobby, «du hast damit zufällig nichts zu tun, oder?»
Ich erschrak. «Wieso ich?», schrie ich zurück.
«Wir reden später darüber. Oder noch besser, ich rufe dich in den nächsten Tagen an. Hier ist heute mal wieder der Teufel los ...» Damit entschwand Molly endgültig in Richtung Küche.
Brigitte sah mich prüfend an. Dann grinste sie mir viel sagend ins Gesicht. «Na?»

«Was na?» Erst jetzt ging mir auf, dass der Typ in der braunen Lederjacke da am Tresen Bruno war. Der Tiermensch. Der Papageien unanständige Wörter beibrachte. Der Therapeutenhasser. Ich grinste ihm kurz zu. Er verzog das Gesicht. Sollte wahrscheinlich freundlich wirken. Tat es aber nicht. In meinen Augen wenigstens nicht.
«Wieder mal ganz unabsichtlich ein bisschen gekuppelt, Frau Doktor, was?», raunte Brigitte so leise, dass bestimmt nur ich es hatte hören können.
«Mal den Teufel nicht an die Wand, Brigitte! In diesem speziellen Fall wäre mir das nämlich wirklich äußerst unangenehm!» Ich zeigte Bobby mit Hilfe zweier Finger (Zeige- und Mittel) ein V-Zeichen. Das hieß: «Zwei Pils, bitte!» Bobby nickte und stellte gleichzeitig eine Bloody Mary vor Bruno auf die Theke.
Ehe Brigitte anfangen konnte, das Thema zu vertiefen, ertönte Brunos sonorer Bass, mit dem er auf Bobby einredete: «He, Bobby, ich wollte dir doch noch die Story weitererzählen von meinem Australien-Trip letzten Monat. Diese Sache mit dem Känguru-Bock, der seinen gewaltigen Ständer schon ausgefahren hatte …»
«Erzähl ruhig, Bruno. Ich höre dir zu und mische derweil den nächsten Eimer Bloody Mary. Sieht ganz so aus, als bräuchten wir den heute noch», sagte Bobby. Sein Gesicht war rot und glänzte. Der arme Junge stand voll unter Stress. Das konnte man sehen. Bruno beeindruckte das nicht weiter.
«Also, wir waren da in diesem Wildpark, im Freigehege mit den Kängurus. Da war dieser riesige ausgewachsene Bock, der gerade ein Weibchen so weit hatte, dass sie sich schon vornüberbeugte und ihm den Hintern hinhielt …» Wieder

unterbrach Bruno seine packende Erzählung, um einen Blick in Brigittes und meine Richtung zu werfen. Ob die Damen auch interessiert genug lauschten. Ich bemerkte, dass Brigitte tatsächlich beide Ohren auf Empfang gestellt hatte.

Softporno-Geschichten! Ich begriff, warum Brigitte plötzlich so gebannt zuhörte, und nickte Bruno aufmunternd zu, um ihn anzuspornen.

«Da kommt plötzlich diese ältere Amerikanerin dahergetrippelt in kurzen Hosen und einer Banane in der Hand. Der Bock sieht das, macht kehrt, hüpft in Riesensätzen und mit ausgefahrenem stocksteifem Riesenpimmel auf die Lady zu. Die erschrickt natürlich und weicht einen Schritt zurück, stolpert fast dabei. Ich kriege mich kaum mehr ein vor Lachen und rufe trotzdem der entsetzten Oma noch zu: ‹Don't worry, be happy! He don't want to fuck you, Lady. He only wants the banana-fruit!›»

Bruno schaute grinsend in die Runde. Bobby hatte aufgehört, in dem Rieseneimer mit grässlichem Tomatensaft zu rühren. Brigitte stieß lachend hervor: «Weiter, weiter …»

«Ja, weiter», echote Bruno zufrieden, «die Lady hält also dem immer noch sichtlich geilen Bock die Banane hin. Der grabscht nach der Frucht und beginnt gierig zu mampfen. Derweil kauert die rollige Kängurumaid weiter geduldig auf derselben Stelle und linst bloß verzweifelt zu ihrem abtrünnigen Möchtegern-Rammler hinüber, wo der denn bleibt. Sie sieht den Bock genüsslich mampfen, kapiert endlich, richtet sich total frustriert auf und hoppelt betröppert davon. Der Bock, der immer noch mit einem Riesenständer vor der amerikanischen Oma auf seinen Hinterläufen steht und Banane mümmelt, schaut ihr nicht einmal nach.»

Bobby, der Weichherzige, sagte: «Mann, das arme Tier! Die brauchte hinterher garantiert seelischen Beistand. Nivea, hast du das gehört? Wäre doch ein Fall für dich gewesen, oder?»
«Kann schon sein, Bobby! Ich stehe aber auch dir gern mit fachlicher Beratung zur Seite, sollten dich demnächst Frustrationen sexueller Art heimsuchen.»
Bruno lachte lauthals. «Gut gekontert, Frau Doktor!»
Ich sah Brigitte an, denn die war als Einzige ernst geblieben. Sie kramte in ihrer riesigen Umhängetasche herum und förderte schließlich einen Notizblock nebst Kugelschreiber ans dämmrige Kneipenlicht. Eifrig begann sie zu kritzeln. Als sie ferig war, grinste sie mich an: «Dein Tip mit den erotischen Tierstorys war super, Nivea! Ich recherchiere derzeit heftig zu dem Thema, das meiste im Internet. Erst gestern erhielt ich von einem hawaiischen Zoologieprofessor eine E-Mail. In einem Delphinpark auf Hawaii kam es neulich zu einem Zwischenfall: Ein männlicher Tümmler hatte sich einer Taucherin in eindeutig sexueller Absicht genähert! Der Prof hat damit bestätigt, was du in diesem amerikanischen Magazin gelesen hattest. Was sagst du dazu? Ist doch superinteressant! Jetzt bin ich bald so weit, dass ich einer Redaktion das Material als fertigen Artikel anbieten kann.» Sie wandte sich Bruno zu: «Deine Känguru-Bock-Story würde ich auch gerne in einer Tiergeschichte verarbeiten, wenn ich darf. War wirklich witzig. Und authentisch, nehme ich an?»
Bruno warf sich in die Brust: «Aus allererster Hand, schöne Frau! Wenn du noch mehr Geschichten brauchst, musst du bloß mal bei mir im Geschäft vorbeikommen. Ich kann dir da so einiges erzählen von Dreharbeiten mit meinen Tier-

künstlern. Da kringelst du dich vor Vergnügen, das verspreche ich dir. Kannst du alles gerne schreiben. Ich könnte so was sowieso nicht zu Papier bringen, fehlt mir das Talent dazu.»

Das war's dann! Brigitte und Bruno hatten ein gemeinsames Thema gefunden und redeten sich fest. Bobby mixte Cocktails, zapfte Bier und schwitzte. Molly rannte hektisch zwischen Küche und Kneipe hin und her. Ich hielt einsam nach einem blonden Haarschopf Ausschau, aber der ließ sich nicht blicken.

Irgendwann, so nach dem dritten Pils, fasste ich dann einen Entschluss: Am Montag würde ich mir im Silber-Jaguar wieder einmal ein Autobahn-Jagdabenteuer gönnen! Willi Mayer kam erst Montagabend aus Mallorca zurück. Bis dahin stünde der Schlitten bereits wieder brav in seiner Garage ...

Als Brigitte und ich weit nach Mitternacht die lärmende Kneipe verließen, sagte ich draußen auf dem Bürgersteig zu ihr: «Wenigstens im Fall Bruno kannst du nicht behaupten, ich hätte dich mit ihm verkuppeln wollen!»

Sie lachte glucksend: «Sei dir da mal nicht so sicher, Nivea. Immerhin hast du mir die Idee mit den Tier-Erotica in den Kopf gepflanzt. Und den Bruno kanntest du auch schon vor mir. Habe ich Recht?»

Ich stöhnte und fasste mir an den Kopf. «Hör auf, mir wird schwindlig. So ähnlich muss man sich nach einer Gehirnwäsche fühlen. Da lässt man sich dann wohl alles einreden und glaubt es auch noch. Nein, nein, meine Liebe, so leicht kriegst du mich nicht.»

Ich drehte mich um und wollte Richtung Heimat marschieren, da fiel mir noch etwas ein: «Wie steht es denn jetzt eigentlich um deinen Sex-Appetit? Tut sich da wieder was?»

«Der Appetit kommt vermutlich erst beim Essen!»

«V-verssteh ich nich, ich habe vi-vier Pilsss intuss», lallte ich.

«Ich versteh's ja selber noch nicht richtig. Bin gerade in der Testphase», sagte Brigitte. «Gute Nacht, Nivea! Und bleib, wie du bist, hörst du?»

Was blieb mir schon anderes übrig?

10

Molly kauerte in meinem Wohnzimmer auf dem weißen Berberteppich. Es war Sonntag und früher Nachmittag. Feiertagsruhe lag über der Stadt. Die Tür zum Balkon stand offen. Draußen rauschte ein warmer Sommerregen herunter. Zuvor hatte es ein kurzes, heftiges Gewitter gegeben. Trotzdem war es schwül geblieben. Wir tranken Eistee, während Moll mir aus Miguels beiden Briefen vorlas.

«Hör dir das an, Nivea!», forderte Moll mich auf, weil ich geistesabwesend auf den Balkon hinausgestarrt hatte.

«Ich möchte deine Samtlippen küssen. Du bist schöner, als ich dich mir je in meinen verwegensten Träumen ausgemalt hatte ...» Moll brach ab und warf mir einen prüfenden Blick zu. Sofort nickte ich mit todernstem Gesicht, um ihr zu zeigen, dass ich ganz Ohr war. Moll konnte ja nicht ahnen, dass ich die Briefe längst Buchstabe für Buchstabe kannte.

«Toll», sagte ich, «der Mann scheint eine poetische Ader zu besitzen. Heutzutage ist das etwas sehr Kostbares, weil Seltenes.»

Moll räusperte sich. «Vielleicht will mich da auch bloß einer verarschen!»

«Warum so misstrauisch? Du musst auch mal an das Gute im Menschen glauben, Moll ...»

«Bei Männern?» Sie lachte rau, beinahe ordinär. Ich schrak zusammen. Moll kam dagegen richtig in Fahrt: «Seit fünf

Jahren betreiben Bobby und ich jetzt unsere Kneipe. Fünf Jahre, in denen ich tagtäglich Feldstudien in Sachen männlicher Menschenaffe auf zwei Beinen treiben konnte. Ich sage dir, da hat man als Frau garantiert keine Illusionen mehr. Von wegen Homo sapiens! Homo stupido müsste es heißen …» Sie horchte dem Klang nach und wiederholte: «Homo stupido! Klingt irgendwie auch besser, melodischer und damit stimmiger. Womit wir den Beweis auch in sprachlicher Hinsicht für meine These erbracht hätten.»
Sie lachte wieder. Diesmal klang es sarkastisch. Höchste Zeit, dass ich ihr den Kopf zurechtrückte. Der arme Miguel hatte eine solche Einschätzung nun wirklich nicht verdient.
«Die Briefe sind aber wirklich sehr schön, Moll. Ich glaube kaum, dass ein stupider geiler Menschenbock, um in deinem Jargon von eben zu bleiben, so was zu Papier bringen könnte!»
Moll gab keine Antwort, sondern steckte ihre Nase wieder in die Briefe. Laut las sie vor: «Dein Körper wirkt so warm und sinnlich und weich zugleich. Er erinnert mich an das Gefühl, das man in einem Wasserbett hat. Man schwebt darauf wie auf Wolken über dem Meer dahin. Wie gerne würde ich mit dir auf Wasserbergen mit Lufthauben darauf sanft in den Himmel der Liebe schaukeln …» Moll brach ab und starrte mich an. «An dieser Stelle denke ich immer schlicht und ergreifend, der Kerl hat einfach 'ne Meise!»
Ich musste unwillkürlich grinsen. Dieser Absatz war mir auch gleich beim ersten Lesen unangenehm aufgefallen. Es klang tatsächlich etwas lächerlich. Allerdings kannte ich Miguel und wusste – so eng durfte man es nicht sehen!
Miguels Deutsch war zwar wirklich gut, aber manchmal bastelte er Sätze zusammen, die einfach schräg klangen. Im-

mer grammatikalisch richtig, nur blieb einem leider trotzdem der tiefere Sinn dahinter auf geheimnisvolle Weise verborgen. Wahrscheinlich bediente man sich bei ihm zu Hause einer solchen Ausdrucksweise. Indem man Dinge umschrieb und kunstvoll ausschmückte. Vermutlich übersetzte Miguel einfach alles, was er gerade fühlte und dachte, in diesen Briefen an seine imaginäre Geliebte. Das erleichterte ihm die Seele. Untertags, im Institut, musste er ja die nüchterne Sprache der Wissenschaftler denken und sprechen. Zumindest wenn er beruflich weiterkommen und als erfolgreicher Mann in seine Heimat zurückkehren wollte. Und das wollte er, er hatte es mir selbst gesagt. Sein Stamm, seine Familie waren so stolz auf ihn, er konnte und wollte diese Menschen nicht enttäuschen.

«Könnte glatt von Henry stammen, der Scheiß!», sagte Molly rau.

«Niemals», protestierte ich, «denk doch mal nach, Moll! Einer, der dir knallhart erklärt, er wollte es bloß mal mit einer Dicken treiben, um zu wissen, wie das sei, der schreibt doch niemals solch poetische Sätze auf ein unschuldiges leeres Blatt Papier. Psychologisch gesehen ist das glatt unmöglich, weil unlogisch!»

Moll seufzte und nahm einen Schluck Eistee. «Kluges Kind, hast ja wieder mal Recht! Aber wer, um Himmels willen, schreibt denn heutzutage überhaupt noch solche Briefe an eine Frau. Und schickt sie auch noch ab?»

«Vielleicht ist er Ausländer. Ein Orientale oder so, vielleicht Inder», ließ ich meine Phantasie frei schweifen, «wie hat er denn unterzeichnet?»

«‹Em Punkt›! Das ist alles. Kein Absender, alles maschinengetippt. Oder computergedruckt, was weiß ich.»

«Manfred? Michael? Maik? Meinrad?», zählte ich auf.
«Brrr!» Moll schüttelte sich angewidert. «Hör auf, Nivea! Das passt doch alles nicht zu Briefen solchen Inhalts, hörst du das denn nicht?»
Innerlich amüsierte ich mich, nach außen blieb ich ernst. Schließlich galt es, Moll auf die richtige Spur zu setzen, damit sie auch was von den Briefen hatte. Schließlich half sie mir, wenn auch unwissentlich, bei Miguels Therapie.
«Ich höre das schon», sagte ich langsam, «du warst bis jetzt diejenige, die sich gegen die Erkenntnis gewehrt hat, dass dieser anonyme Briefeschreiber ein ganz besonderer Mensch sein muss. Ganz und gar kein Typ wie Henry Arschbacke!»
«Ich hab's!», rief Moll plötzlich begeistert. «Manuel! Er heißt Manuel, ganz bestimmt. Ich spüre das. Ein Manuel könnte solche Briefe schreiben!»
«Das könnte tatsächlich passen. Weißt du was? Ich habe noch eine Flasche Prosecco im Kühlschrank. Die genehmigen wir uns jetzt auf Manuels Wohl, jawoll …»
Ich stand auf und lief in die Küche.
«Er ist bestimmt öfter in der Kneipe», rief Moll hinter mir her, während sie zwei Sektkelche aus meiner Kirschbaumvitrine holte. Einziges Erbstück meiner Eltern!
Ich antwortete nicht. Was hätte ich auch sagen sollen?
Moll erschien in meiner Winzlingsküche. «Übrigens, Nivea, beinahe hätte ich's vergessen! Dein attraktiver Blondschopf Hannes ist gestern spätabends noch auf einen Drink aufgetaucht», sagte sie seelenruhig.
Beinahe wäre mir die eiskalte und außen beschlagene Sektflasche aus der Hand geglitten. «Und das sagst du mir erst jetzt?»

«Reg dich doch nicht auf! Er hat weder nach dir gefragt noch sonst was Spektakuläres gemacht. Er kam alleine rein, steuerte auf die Bar zu, kippte zwei Whisky ...» Ich unterbrach Moll: «Bourbon pur, auf Eis!» Moll grinste zustimmend. «Zahlte, gab Bobby ein anständiges Trinkgeld und ging wieder. Das war alles.»
Ich ließ den Korken knallen. Eine eiskalte klebrige Fontäne schoss oben aus dem Flaschenhals und bekleckerte meine frisch gelackten Fingernägel. Moll seufzte und nahm mir die Flasche ab.
«Du wirst es wohl nie lernen, Frau Doktor, was?»
Während ich den winzigen klebrigen See auf dem Boden mit Küchenkrepp aufwischte, schenkte Moll im Wohnzimmer die Gläser voll. Wir gingen damit hinaus auf meinen überdachten Balkon und setzten uns in die beiden Rattansessel, die ich letztes Jahr aus Italien mitgebracht hatte.
Es regnete nur noch ganz leicht, dafür dampften jetzt die Bäume. Es war immer noch ein bisschen schwül, aber deutlich kühler als vor dem Gewitter.
«Auf Hannes!», sagte Moll und hob ihr Glas.
«Auf Manuel!», sagte ich.
Der Prosecco schmeckte uns trotzdem ausgezeichnet!

Ich schenkte bereits zum zweiten Mal die Gläser voll, als wir unten im Hinterhof eine Katze miauen hörten. Natürlich fiel mir dazu prompt Kater Boris ein. Und Li. Und schließlich auch noch Bobby ... In dieser Reihenfolge.
Vorsichtig fragte ich: «Was ist jetzt eigentlich mit Bobby? Ist er tatsächlich frisch verliebt?»
Moll lachte. «Ach ja, die Geschichte! Diese kleine Chinesin, die du da neulich angebracht hast, die hat ihm gehörig den

Kopf verdreht. Tu nicht so unschuldig, Nivea, das weißt du doch ganz genau. Schließlich hast du Bobby und sie zusammen zu Bruno geschleppt!»

«Ich schwöre dir, Moll, es ging nur um die Anschaffung einer Katze. Die im Übrigen ein Kater ist.»

«Wie auch immer. Jedenfalls ist Bobby schwer vernarrt in diese Li. Gestern Abend hat sie ihm sogar hinter der Bar geholfen, stell dir mal vor!»

«Li war bei euch in der Kneipe? Das ist ja ein Ding! Tut mir Leid, Moll, ich wollte Bobby nicht ...»

Mit einer Handbewegung fiel sie mir ins Wort. «Ach, was soll's! Ich gönne Bobby seine Frühlingsgefühle. Wenn die beiden auch ein etwas seltsames Pärchen abgeben. Und Li ist so schrecklich schüchtern. Na ja, wo die Liebe hinfällt, heißt es doch so schön. Ich glaube, Bobby gefällt vor allem, dass ihn diese Frau so unsäglich anhimmelt.»

«Mhmm, das wird es wohl sein.»

Ich schenkte gerade zum dritten Mal die Gläser nach, als Molly aufstand, in die Wohnung ging und kurz darauf mit einem großen weißen Umschlag zurückkam. Sie schwenkte ihn dicht vor meinem Gesicht hin und her.

«Hier drinnen sind übrigens die Teilnahmebedingungen für die Miss-Molly-Wahl!»

«Das sagst du erst jetzt?» Ich entriss ihr den Umschlag, holte ein bedrucktes Blatt heraus und begann zu lesen. Als ich fertig war, strahlte ich Moll an: «Siehst du, unsere Altersgruppe darf noch teilnehmen. Bis Mitte dreißig, steht hier! Jetzt hast du endgültig keine Ausrede mehr mit deinen dreißig Jahresringen. Sogar verheiratet dürftest du sein, obwohl es doch Miss-Wahl heißt. Anmeldeschluss ist Freitag in einer Woche, wenn ich richtig gerechnet habe.»

«Die Veranstaltung findet aber in Berlin statt, ich müsste Bobby mit der Kneipe alleine lassen …»
«Na und? Dieses eine Wochenende wird er schon überstehen. Außerdem bleibt noch Zeit genug bis dahin. Immerhin vier Wochen. Er kann ja eine Aushilfe anheuern.»
«Ich weiß nicht. Ich alleine in Berlin und dann dieser Klamauk dazu …»
«Natürlich begleite ich dich, Moll. Ich hatte dir versprochen, dich zu coachen, und dabei bleibt es. Du, wenn du siegst, machen wir hinterher die Sause in Berlin.»
«Und wenn nicht?»
«‹Und wenn nicht› gibt's nicht, verstanden? Ab sofort ist positives Denken angesagt. Und wenn trotzdem nicht, machen wir beide Berlin erst recht unsicher, einverstanden?»
«Einverstanden, Frau Doktor Cremer!», lachte Molly.
«Okay, welcher Schritt ist der nächste, mal sehen …» murmelte ich, während ich nochmals die Teilnahmebedingungen überflog. «Also, zuerst musst du diesen Fragebogen hier mit deinen persönlichen Daten, sprich Alter, Gewicht, Größe etceterapepe, ausfüllen. Foto beilegen und abschicken. Bis spätestens Freitag in einer Woche. Nicht vergessen!»
«Ich besitze aber kein gutes Foto von mir, Nivea», erklang es kläglich.
«Aber sicher besitzt du eines, mehrere sogar!»
«Nivea, ich habe Kleidergröße 54!»
Ich stöhnte. «Eben darum sollst du ja am Miss-Molly-Wettbewerb teilnehmen, Schäfchen. Damit du berühmt und reich wirst. Und damit du anderen Frauen mit Rubensfigur Mut machen kannst, verstanden?»
«Also, ich weiß nicht so recht.»

«Aber ich. Trink noch einen Schluck Prosecco, das macht locker. Mensch, Moll, du bist doch sonst kein Kind von Traurigkeit. Was sollen diese Zicken? Ich sage es dir jetzt zum letzten Mal, ich coache dich aufs Treppchen. Basta.»
Moll trank ihr Glas in einem Zug leer. Dann warf sie das Sektglas schwungvoll und elegant über die Balkonbrüstung. Es dauerte vielleicht zwei, drei Sekunden, bis es unten angekommen war, dann klirrte es. Ich hielt den Atem an. Da sich kein sofortiges Protestgeschrei erhob, nahm ich erleichtert an, dass sich niemand im Hof aufgehalten hatte. Oder derjenige war ohnmächtig, tot oder beides auf einmal.
«Verrücktes Huhn», sagte ich kopfschüttelnd.
«Wieso, hicks?», fragte sie. «Scherben bringen doch Glück, hicks, oder – hicks – etwa nicht? Hicks ...»
«Schon gut, Moll! Bleib schön hier sitzen und lass bitte, wenn es geht, mein Glas zufrieden, ja? Es ist nämlich bis jetzt nur halb leer. Ich würde gerne den Rest Prosecco noch genießen.»
«Halb voll!», sagte Moll.
«Wie bitte?»
«Dein Glas ist nicht halb leer, es ist halb voll, Nivea! Du musst positiv denken ab heute. Schließlich bist du mein Coach. Wenn nicht einmal du positiv denken kannst, wie soll ich es dann können?»
«Schon gut, Moll!», sagte ich nochmals und nahm mein Glas vorsichtshalber mit nach drinnen.
«Was hast du mit der ganzen Schminke vor?», fragte Moll misstrauisch, als ich schwer bewaffnet auf den Balkon zurückkehrte, «du willst mich doch nicht etwa anmalen?»
«Nur ein kleines bisschen», bettelte ich, «bloß mal sehen, wie dir so was steht. Stell dich jetzt nicht an, Moll, bitte ...»

Es stand ihr ganz ausgezeichnet.
«Mensch, hast du vielleicht tolle Wangenknochen», entschlüpfte es mir, «was so ein bisschen Rouge, richtig platziert, doch ausmachen kann!»
Molls volle Lippen begannen mit Hilfe eines rosabräunlichen Lippenstifts zu leuchten. Die Augen strahlten wie zwei Sterne unter dem dezenten Augen-Make-up hervor, das ich mir selbst manchmal tagsüber malte.
«In Berlin werden dich Profis schminken vor dem Auftritt, keine Angst. Das steht in den Wettbewerbsunterlagen. Du wirst toll aussehen, so viel kann ich jetzt bereits sagen.»
«Vielleicht laden sie mich gar nicht erst ein …»
«Die laden dich ein! Hier …» Ich reichte ihr mein jetzt leeres Sektglas.
«Was soll ich denn damit?»
Ich machte eine Armbewegung. «Werfen! Bringt Glück.»
Moll lachte schallend. «Nivea, du bist echt verrückt!» Und sie warf das Glas über die Balkonbrüstung.
«Eins, zwei …» zählte ich. «Klirrrr …» machte es.
«He, wohl verrückt geworden da oben, was?», ertönte eine männliche Stimme von unten.
«Jawoll!», riefen Moll und ich wie aus einem Munde.

11

Wieder war Montag, früher Nachmittag, und verhältnismäßig wenig Verkehr auf Niveas bevorzugter Autobahnstrecke. Die Sonne schien, und es wehte ein leichter Westwind. Ein schöner Tag, der Himmel tiefblau mit einzelnen Schleierwölkchen. Trotz der geradezu idealen Wetterbedingungen schienen heute deutlich weniger Motorradfahrer unterwegs zu sein als sonst.

Nivea rümpfte die Nase, als sie mit dem silbergrauen Jaguar an einem fetten Daimler vorbeizog, dessen angegrauter Fahrer ihr Avancen durchs Seitenfenster zu machen versuchte.

Der blonde Lockenkopf von neulich fiel ihr ein. Das Zuckerstückchen! Genießerisch leckte sich Nivea mit der Zungenspitze die Lippen. Es war ihr nicht bewusst, dass sie das tat. Es war ein bloßer Reflex. Dann aber schob sich plötzlich Hannes' ebenfalls blonder Haarschopf über das Bild des anderen.

«Verdammt», murmelte Nivea halblaut, «wieso fahre ich eigentlich in letzter Zeit dauernd auf blonde Männer ab?»

Sie dachte angestrengt nach und drosselte sogar das Tempo etwas, um sich besser konzentrieren zu können.

Das war doch früher nicht so gewesen mit den blonden Kerlen bei ihr! Da mussten es vielmehr die rassigen südländischen Typen sein. Die im Übrigen auch leichter zu haben waren. Blonde waren kühler und vorsichtiger. Zögerten bedeutend länger, sich in ein heißblütiges Abenteuer zu stürzen. Erfahrungsgemäß neigten sie auch nicht so stark zu One-Night-Stands wie ihre dunkelhaarigen Geschlechtsgenossen. (Auszug aus Nivea Cremers gesammeltem Erfahrungsschatz ... Ausnahmen bestätigten auch hier übrigens die Regel!)

Und nun auf einmal dieser Hang zu eher nordischen Typen. Merkwürdig ...

Ein bulliger Motorradkerl in roter Lederkluft tauchte auf der linken Fahrspur neben dem Jaguar auf. Dunkle Augen blitzten durch das Visier seines ebenfalls roten Helms. Er blieb auf gleicher Höhe und starrte aufdringlich herüber.

«Verzieh dich!», empfahl ihm Nivea. Natürlich konnte er sie nicht hören, vielleicht genügte der abweisende Gesichtsausdruck.

Pustekuchen! Er blieb auf gleicher Höhe und glotzte.

Nivea trat aufs Gaspedal, um ihn abzuschütteln. Er war nicht der Typ, den sie suchte. Viel zu bullig. Und dann diese aufdringlich rote Lederkluft. Einfach geschmacklos. Außerdem wollte Nivea nicht gejagt werden, sondern jagen. Sonst machte es keinen Spaß. Und der hier hatte eindeutig sie aufs Korn genommen. Ohne jegliche Einladung ihrerseits.

Sie trat das Gaspedal fast bis zum Anschlag durch. Der Jaguar schoss nach vorne. Allerdings gab die schwere Maschine auch einiges her, wie Nivea feststellen musste. Er hielt wacker mit, jetzt grinste er sogar triumphierend herüber.

Na schön, wie du willst! Kurzer Blick in den Rückspiegel – die Strecke war frei. Nivea trat auf die Bremse.

Darauf war er nicht gefasst gewesen. Das Motorrad schoss wie eine Rakete weiter, während der Jaguar deutlich zurückfiel und nun mit achtzig gemütlich vor sich hin zockelte.

Aber was machte er denn jetzt?

Die Maschine war ebenfalls auf die rechte Fahrspur geschwenkt und wurde immer langsamer. Und zog noch weiter nach rechts, rauf auf die Standspur.

Was hatte der bloß vor? Am besten einfach vorbeifahren! Wollte er etwa eine Panne vortäuschen?! Um sie zum Anhalten zu bringen …?

Nivea gab erneut Gas und rauschte an ihm vorbei, der die Maschine tatsächlich an der äußeren Leitplanke angehalten hatte. Zweihundert Meter weiter tauchte eine Fernsprechsäule auf. Na also! So weit würden ihn seine zarten Füßchen wohl tragen, sollte er tatsächlich eine Panne haben.

Nivea fegte mit hundertachtzig Sachen über die Autobahn. Heute würde sie ihr Jagdrevier etwas weiter südlich verlegen, beschloss sie spontan, als eine Abzweigung auftauchte. Sie setzte den Blinker.

Zwei Kilometer noch bis zur nächsten Tankstelle. Nivea warf einen prüfenden Blick auf die Benzinuhr. Der Tank war schon ziemlich leer gewesen, als sie den Wagen heute Morgen abgeholt hatte. War wohl besser, die Gelegenheit zu nutzen. Wer wusste schon, wohin die Reise heute noch führte …

Dieser Tankwart war nicht so freundlich wie sein Kollege von der Raststelle, an der Nivea sonst ihre Jagdbeute gerne einsammelte. Egal, jetzt ging es ja nur ums Benzin!

Nivea zahlte und fuhr dann im Schritttempo zu den Toilettenhäuschen hinüber. Sie stieg aus und streckte sich genüsslich. Zog dann den Schlüssel aus dem Zündschloss und wanderte zur Damentoilette hinüber.

Sie war nur wenige Minuten weg gewesen. Als sie zurückkam, bemerkte sie sofort das schwere Motorrad neben dem Jaguar. Verdammt, das war doch nicht etwa ...? Sie blickte sich um, von einem bulligen Kerl war nichts zu sehen. Zum Glück. Nivea riss die Fahrertür auf und warf sich hinters Steuer.

«Hallo, schöne Frau! So sieht man sich wieder ...» sagte eine Männerstimme neben ihr. Nivea fuhr herum!

Da saß er und grinste. Stiernacken, breite Boxernase, runde Halbglatze! Den roten Helm drehte er in den Händen.

«Leichtsinnig, den Wagen unverschlossen herumstehen zu lassen! Es sei denn, man erwartet Besuch ...»

«Was wollen Sie?», fragte Nivea kalt. Sie bemühte sich, ruhig zu bleiben. Das war überhaupt das Wichtigste in so einer Situation. Ruhig bleiben, auf keinen Fall Angst zeigen! Sie hatte es gewissen ängstlichen Frauen unter ihren Klientinnen wieder und wieder eingebläut.

«Wir sind hier verabredet!» Er besaß wirklich ein penetrantes Grinsen.

«Nicht dass ich wüsste!»

«Na ja, quasi verabredet. In der Annonce hatte ich exakt diese Raststätte auf diesem Streckenabschnitt als Treffpunkt angegeben ...»

«Welche Annonce? Ich verstehe nur Bahnhof!», Nivea wurde jetzt deutlich schärfer im Ton.

Er griff in seine Brusttasche und zog ein gefaltetes Stück Zeitungspapier heraus. «Da steht's!», sagte er brummig.

«Roter Ledernacken sucht Miezekatze mit Luxusschlitten. Für heiße Spielchen auf der Autobahn ...» las Nivea halblaut. Sie brach ab und starrte ihn an. «Hören Sie ...»

«Warum liest du nicht weiter?», er grinste bereits wieder,

«drunter steht als Treffpunkt das heutige Datum und diese Tankstelle, oder etwa nicht?»

Tatsächlich, da stand es, schwarz auf weiß ...

«Hab mir gleich gedacht, dass du diejenige welche bist. Vorhin auf der Fahrt hierher», fuhr er siegessicher fort, «bist auch exakt meine Kragenweite!»

«Pech gehabt, mein Lieber! Ich bin es nicht. Kam rein zufällig hier vorbei. Außerdem steh ich nicht auf Kerle wie dich in roten Lederanzügen. Und jetzt mach gefälligst, dass du rauskommst!» Nivea griff nach dem Autotelefon. «Oder ist es dir lieber, wenn ich die Bullen rufe?»

«Blöde frustrierte Zicke», moserte er und sprang aus dem Jaguar. Die Beifahrertür krachte ins Schloss. Nivea drehte den Schlüssel und schoss rückwärts aus der Parklücke. Der Lederkerl musste einen Hechtsprung zur Seite machen, um sich zu retten.

Nivea gab Gas und jagte auf die Autobahn hinaus. Sie nahm die erste Abfahrt zurück in Richtung München.

Erst als sie sicher war, aus der Gefahrenzone zu sein, erlaubte sie sich ein befreiendes Gelächter. Himmel! Da war dieser Kerl doch tatsächlich auf eine ähnliche Idee verfallen wie sie selbst! So originell, wie Nivea geglaubt hatte, war sie demnach auch nicht. Das tat schon irgendwie weh.

Nivea brachte den Jaguar deutlich früher als vereinbart zurück. Zu Hause nahm sie sich – noch immer leicht geschockt – vor, ihre Montagsabenteuer bis auf weiteres erst mal ganz auszusetzen ...

12

«Hören Sie, Frau Doktor», sagte Willi Mayer, während er ein Taschentuch herausholte und sich die Schweißperlen von der Stirn tupfte, «so kann das nicht weitergehen. Ich muss endlich wieder in guten Hotels absteigen können. Diese Privatzimmer und Pensionen gehen einem auf die Nerven mit der Zeit. Ich bin ein hart arbeitender Mann, ich brauche das bisschen Luxus.»

«Ich hatte Ihnen zu keinem Zeitpunkt empfohlen, nicht mehr in guten Hotels abzusteigen, Herr Mayer», erwiderte ich freundlich, «es war lediglich die Rede davon gewesen, dass Sie aufhören sollten, Dinge aus Hotelzimmern mitzunehmen. Dinge, die Ihnen nicht gehören.»

Er schnaufte kläglich. «Ich dachte eben, es sei sinnvoll, mich eine Weile der Versuchung gar nicht erst auszusetzen.»

Draußen auf dem Apfelbaum vor meinem Praxisfenster erschien ein schwarzer Mini-Jaguar. Ludmilla auf Pirsch.

«In Einzelfällen kann so was Sinn machen, Herr Mayer. Allerdings muss man sich früher oder später der fraglichen Situation doch wieder stellen. Schon um herauszufinden, ob man das ursprüngliche Verhalten wirklich abgelegt hat. Oder nur verdrängt. Durch Vermeidung verdrängt.»

Diesmal ächzte er wenn möglich noch kläglicher und wischte sich neuerlich die Stirn. «Verdammt schwül heute», stellte er fest und starrte zu Ludmilla hinaus, die unbekümmert auf ihrem Lieblingsast herumturnte. «Wie die Katze es bloß in ihrem schwarzen Pelzmantel aushält?»

Ich lächelte pflichtschuldig und wechselte das Thema. Schließlich hatte ich mir gestern noch die halbe Nacht um die Ohren geschlagen, um für Willi Mayer die optimale Therapiemethode auszuklügeln. Und das nach meinem total missglückten Montagsausflug.

«Wissen Sie eigentlich, dass Männer wie Sie bei der Damenwelt ungeheuren Erfolg einheimsen können?», ging ich ihn direkt an.

Er hob den Kopf und sah mir in die Augen. «Und ob ich mir dessen bewusst bin! Und das nicht erst seit meiner Scheidung. Den Weibern geht es doch nur ums Geld dabei! Nee, nee! Meine Ex plündert mich schon genug aus. Eine Frau kommt mir nicht mehr ins Haus …»

«Sie müssen ja nicht gleich wieder in den Hafen der Ehe segeln, mein Lieber!»

«Das sowieso nicht, nie wieder!» Er wurde jetzt richtig pampig im Ton.

«Und wie steht es mit Ihrem Sexleben, Herr Mayer?» Ich war wild entschlossen, nicht so rasch aufzugeben. Vielleicht war ich ja gerade auf die richtige Spur geraten. Denn Willi Mayer litt meiner Ansicht nach unter einem eklatanten Mangel an echtem, wirklichem Selbstwertgefühl. Konnte durchaus sein, dass er Probleme mit Frauen hatte. Und um das zu kompensieren, musste er Bademäntel aus Hotelzimmern klauen, so schlicht sind die Dinge eben manchmal.

«Bestens, Frau Doktor, bestens! Ich kenne da diese Kleine, sie nennt sich Mia. Brauche sie nur anzurufen, Mia schiebt mich immer rein, hahaha … Ja, gucken Sie nicht so, Mia ist ein Callgirl. Bildschön und anschmiegsam. Immer bereit, immer willig, wenn mir danach ist. Pflegeleicht und problemlos. Ich bin ihr Lieblingsstammkunde, sagt sie. Kostet natürlich ihr Geld, die süße Maus. Ganz klar! Aber eine gewisse Summe Geldes verliert man als Mann ja immer. Das ist normal, das weiß man vorher. In Mias Fall ist die Summe wenigstens kalkulierbar. 1000 Mark für die ganze Nacht, da weiß ich dann beim Frühstück aber ganz genau, was ich gehabt habe. Frühstück ist übrigens inklusive.»

«Na schön», sagte ich heiter, «das ist ja wirklich ein Service, alle Achtung! Dann ist so weit bei Ihnen also alles in Ordnung. Ich frage mich bloß, woher dann diese innere Leere kommt. Ich meine, Sie sind ein erfolgreicher Geschäftsmann, können sich schöne Frauen leisten, die besten Hotels. Wo, bitte, fehlt es dann?»

Jetzt fing er prompt wieder einmal mit dieser blöden Fingerknackerei an!

«Exakt um das – knack – herauszufinden – knack – bin ich – knack – zu Ihnen gekommen – knack – Frau Doktor!»

Aha! Na klar, welche Antwort hatte ich auch erwartet gehabt ...

«Ihnen fehlt ein tieferer Lebenssinn, eine wirklich erfüllende Aufgabe, Herr Mayer!», sagte ich leise, aber eindringlich. (Ich musste ihn irgendwie an sich selbst heranführen, an seine geheimsten innersten Sehnsüchte und Wünsche. Vielleicht hatte ich ja Glück damit.)

«Genau!», antwortete Willi Mayer und schaute mich voller Hoffnung in den Augen an.

«Haben Sie einen Computer zu Hause? Ich meine, einen privaten, keinen Ihrer Geschäfts-PCs ...»

«Ja, klar!», rief er voller Besitzerstolz. «Ich surfe manchmal stundenlang im Internet, versende E-Mails in die ganze Welt ...»

«Dann hätte ich da vielleicht etwas Interessantes für Sie.

Fahnden Sie doch mit Ihrem PC nach Außerirdischen! Eine amerikanische Forschungsgesellschaft sucht noch Freiwillige. Ich habe selbst erst gestern von dem Projekt gelesen. Klang richtig interessant. Dabei sollen Signale, die von einem Radioteleskop auf Puerto Rico empfangen werden, auf Lebensäußerungen möglicher Intelligenzen im Weltraum geprüft werden. Sie könnten mittels Ihres PCs mithelfen bei der Sache.»

Er richtete sich kerzengerade auf. Seine Augen begannen zu leuchten. Der ganze Mann wirkte plötzlich hellwach. Diesmal schien ich richtig zu liegen. Eigentlich absurd.

Ich reichte Willi Mayer über den Schreibtisch hinweg einen Zettel mit der Internetadresse, unter der er die nötigen Infos finden würde. Wieder mal hatte es sich bezahlt gemacht, dass ich so viel las. Zeitungen und Zeitschriften, Magazine, Bücher, Broschüren – beinahe alles, was mir täglich in die Hände fiel. Information war heutzutage tatsächlich alles.

Willi Mayer hatte es plötzlich ziemlich eilig, aus meinem Sprechzimmer verschwinden zu können. Zehn Minuten zu früh entließ ich ihn deshalb gnädig zu seinem Computer nach Hause. Natürlich zahlte er trotzdem das volle Honorar. Na ja, es traf ja keinen Armen! Und wie hatte er so schön gesagt? Eine gewisse Summe Geldes verliert man ja immer …

Nach diesem Erfolgserlebnis (dessen endgültiges Resultat sich natürlich erst noch herausstellen musste) sah ich der Therapiestunde mit Li am nächsten Tag geradezu hoffnungsvoll entgegen.

Sie kam lächelnd herein und schleppte eine große Tasche

mit sich, die sie behutsam vor meinem Schreibtisch abstellte. Dann setzte sie sich und strahlte mich an.
«Na, wie geht es Ihnen heute?» Ich merkte, wie mich ihre gute Laune glatt ansteckte.
«Ich habe alle Gartenzwerge zurückgebracht», verkündete Li stolz, «die brauche ich jetzt nicht mehr, wo ich Boris habe. Und Bobby.» – Sie stockte kurz und sah mich an. Ich zuckte nicht mit der Wimper. Auch beim Stichwort Bobby nicht. Die beiden würden schon noch sehen, was sie davon hatten. War nicht mein Problem! Brigitte fiel mir ein mit ihrem spöttischen Grinsen («Na, Frau Doktor, wieder mal erfolgreich gekuppelt?»), und ich wandte meine Aufmerksamkeit lieber schnellstens wieder Li zu.
«Sehr lobenswert, Li! Wussten Sie denn noch von jedem einzelnen, wo Sie ihn – ähm – ausgeliehen hatten?»
Sie nickte eifrig. «Beinahe. Vielleicht habe ich mal zwei verwechselt, aber das ist sicher nicht weiter schlimm.»
«Tatsächlich alle Gartenzwerge ...» wiederholte ich.
«Na ja, einen einzigen, meinen Lieblingszwerg, habe ich behalten», gestand sie mit gesenktem Büßerhaupt ein.
Wieder einmal musste ich mir auf die Unterlippe beißen, um nicht laut herauszulachen.
«Hoffentlich war es nicht ausgerechnet auch der Lieblingszwerg einer alten, einsamen Omi», entschlüpfte es mir unbedacht.
Hatte eigentlich ein Witz sein sollen! Aber Li hob verschreckt den Kopf und starrte aus dem offenen Fenster in den Apfelbaum. In ihren dunklen Augen schimmerten Tränen.
Verdammt, Nivea! Das war aber ein extradickes Fettnäpfchen gewesen. Du sollst deine Klienten er-, nicht entmutigen!

«War nur ein Scherz, Li, es tut mir Leid. Vergessen Sie's.»
Ich folgte ihrem Blick und sah, dass Ludmilla bereits wieder im Baum spazieren flanierte.
Und dann ging alles plötzlich furchtbar schnell! Aus Lis großer brauner Einkaufstasche schoss ein grau getigertes Fellbündel zum Fenster hinüber. Sprang mit einem Satz aufs Fensterbrett und von dort pfeilgeschwind in den Apfelbaum, wo es auf einem dicken Ast sicher landete.
«Boris!», kreischte Li und sprang hektisch auf. «Boris, komm zurück!»
Aber Boris war viel zu beschäftigt, der pechschwarzen Katzendame Ludmilla den Hof zu machen, als dass er sich hätte von Lis verzweifelten Schreien irgendwie ablenken lassen.
Es musste Liebe auf den ersten Blick sein – jedenfalls kletterten Boris und Ludmilla bereits kurze Zeit später gemeinsam noch höher in die Baumkrone hinauf. Und entschwanden damit aus unserem Blickfeld.
Ich brachte Li schließlich mit Mühe dazu, wieder Platz zu nehmen und mit der Therapiestunde fortzufahren. Boris würde schon wieder auftauchen. Früher oder später jedenfalls.
«Lassen Sie uns über Bobby und Sie sprechen, Li», versuchte ich meine Klientin von ihrem Katerproblem abzulenken.
«Er ist so süß und lieb», vertraute sie mir prompt begeistert an, «und so stark, ein richtiger Held.»
Genau das hatte ich befürchtet …
Boris tauchte nicht auf bis zum Ende dieser Stunde. Wir riefen ihn, wir lockten ihn, nichts! Der Kater war auf Liebespirsch, da war wohl vorerst nichts zu machen.

Es gelang mir, Li nach Hause zu schicken. Ich sagte ihr, sie könne nach 19 Uhr wiederkommen. Kurz bevor ich heute die Praxis verlassen wollte.

Boris musste ja irgendwann Hunger kriegen. Außerdem konnte kein männliches Wesen stundenlang nur vögeln, auch kein rolliger Kater.

Halt! Beutelmaus-Männchen konnten angeblich bis zu 12 Stunden – ohne jede Unterbrechung. Dafür starben sie dann aber auch hinterher. Das hatte mir Brigitte erzählt …

13

«Boris! Boris, wo steckst du? Komm, du blöder Kater!», rief ich, während ich allmählich immer gereizter wurde. Li war bereits heiser und heulte mittlerweile, statt zu rufen. Ich warf einen Blick auf meine Uhr. Gleich acht. Um sieben hatte ich heute die Praxis verlassen wollen. Und jetzt saß ich wegen eines verliebten Katers immer noch hier fest. Es war nicht zu fassen. Irgendwie lief in dieser Woche manches schief. An Montag durfte ich gar nicht erst zurückdenken.

«Ludmilla!», versuchte ich die zweite Variante. Schließlich stand zu vermuten, dass dieser Katzen-Romeo seiner Julia auf vier Samtpfoten überallhin folgen würde.

«Ludmilla!» Nichts rührte sich. Kein einziges Blättchen im Apfelbaum raschelte. Absolute Wind- und Funkstille!

«So hat das keinen Zweck. Li, wir beide gehen jetzt zu Bobby in die Kneipe. Er soll Bruno anrufen und der sich was einfallen lassen. Ist schließlich auch sein Kater, irgendwie! Und außerdem kennt Bruno sich mit Tieren aus.»

Li guckte sofort fröhlicher drein. Die Aussicht, sich von Bobby trösten zu lassen, schien sie aufzumuntern.

Ich warf das Fenster im Sprechzimmer krachend zu.

«Aber wenn Boris später kommt und hier nach mir sucht?», protestierte Li sofort.

«Dann hat er eben Pech gehabt! Wegen dem Vieh übernachte ich bestimmt nicht in der Praxis», sagte ich böse, «mir geht dieser ganze Affenzirkus hier allmählich auf den

Geist. Jeden Abend komme ich später nach Hause. Von Privatleben kann sowieso fast keine Rede mehr sein.»
Li machte große Kinderaugen. Sie starrte mich eine Weile damit an, ehe sie schließlich den Vogel abschoss: «Sie haben ein Problem mit einem Mann! Ich spüre es genau, deswegen sind Sie auch so gereizt …»
Super! Eine Klientin versuchte mich, ihre eigene Therapeutin, zu therapieren. Wenn das so weiterging, konnte ich mir gleich einen anderen Job suchen, so viel stand fest! Überhaupt – ich und Probleme mit einem Mann? Das wüsste ich aber!

«Siehste!», sagte Bobby über den Tresen hinweg zu Li-Darling. «Du musst Boris eben doch kastrieren lassen. Dann ist Ruhe im Gebälk.»
Natürlich hatte Li gleich wieder Tränen in den Augen. Diesmal eilte ich ihr nicht zu Hilfe. Wenn ich Probleme mit einem Mann hatte, konnte sie ruhig auch welche mit ihrem Kater haben. Und ihre Probleme waren schließlich auch mein Geld, irgendwie. Daran sollte ich viel öfter denken.
«He, Schatzi, war doch nicht so gemeint!» Bobby beugte sich schuldbewusst über die Theke und gab Li ein schmatzendes Bussi. Ich betrachtete derweil interessiert die Flaschen im Regal hinter der Bar.
«Komm rüber zu mir, Pussy-Cat», sülzte Bobby nahtlos weiter, «wir rufen gleich mal Bruno an.»
Ich verdrehte die Augen, als Li sofort begeistert hinter die Bar segelte. Mitten hinein in die starken Arme ihres Retters. Oder hieß es besser «Ritters»? Hatte es dereinst rettende Ritter gegeben? Interessante Frage, direkt philosophisch. Vielleicht sollte ich das Fachgebiet wechseln.

«Muss Liebe schön sein», spöttelte Molly leise neben mir. Sie war eben erst aus der Küche aufgetaucht und hatte den ersten Akt des Dramas verpasst.
«Bloß keinen Neid», sagte ich boshaft. Molly puffte mich in die Seite. «Schlechte Laune, was? So toll war dieser Hannes nun auch wieder nicht, Nivea. Übertreib's nicht.»
Ich stöhnte. «Jetzt fang du nicht auch noch an, Molly!»
«Das hab ich ihr auch gerade vorhin gesagt, Bruno!», brüllte Bobby eben in den Hörer. (Warum Leute nur immer glaubten, sie müssten besonders laut sprechen, bloß weil sie selbst ihre Gesprächspartner – aus welchem Grund auch immer – schlecht verstanden?)
«Hm, ja, alles klar! Es wird Li nicht gefallen, aber vermutlich hast du Recht. Gut, Bruno, danke dir», Bobby hängte ein.
Ohne Li anzusehen, sagte er in Mollys und meine Richtung: «Bruno meint, spätestens morgen früh begehrt Boris Einlass an Niveas Praxisfenster. Er wird ziemlich zerzaust wirken, Hunger und Durst haben. Anschließend wird er zwei oder drei Tage fast nur schlafen. Wenn er sich erholt hat und immer noch nicht kastriert ist» – kurzer Seitenblick auf Li –, «wird er alsdann wieder auf dem Liebespfad wandeln.»
«Tolles Leben! Man könnte richtig neidisch werden, was, Nivea?» Wieder puffte mich Molly in die Seite, und wir mussten beide kichern.
Li schluckte, aber dann kriegte sie ein weiteres schmatzendes Bussi von ihrem Retter-Ritter aufs Näschen, und alles, alles ward wieder gut. (Und wenn sie nicht gestorben sind, dann schnäbeln sie noch heute …)
Ich ging mit Molly in die Küche zu Mike, um von seinem

Bohneneintopf mit Lammfleisch zu naschen. Ein voller Bauch, das wusste ich, hob meist schnell meine Laune.
Als ich eine Viertelstunde später an die Bar zurückkam, um noch ein Bierchen zu trinken, staunte ich nicht schlecht. Li mit dem Shaker in der Hand in Aktion! Sie war eifrig bei der Sache.
Bobby bemerkte meinen Blick und grinste: «Li macht sich, was? Die Kleine hat Talent. Sie ist mir eine echte Hilfe. Die wird noch mal eine perfekte Barfrau. Und kochen kann mein Schätzchen erst, sage ich dir!» Er schmatzte indiskret mit den Lippen. Li sah richtig aufgeblüht aus. Von Schüchternheit keine Spur mehr.
«Toll, das freut mich», sagte ich, «kann ich vielleicht trotzdem ein kühles Blondes haben? Mikes Bohneneintopf war wie immer höllisch scharf.»
«Kommt sofort!», rief Li und stürzte sich auf den Zapfhahn. Sogar eine tolle Blume brachte sie hin.
«Sie sollten das mit dem Begleit-Service aufhören und besser hier anfangen, Li!», schlug ich vor, als sie das volle Glas vor mich hinstellte. Sie gab keine Antwort.

Am nächsten Morgen war Boris tatsächlich zurückgekehrt. Er hockte mitten auf Annas Schreibtisch im Vorzimmer und schlabberte gierig Milch aus einem hellblauen Schälchen.
«Gleich als ich heute Morgen reinkam, hörte ich ihn kläglich vor dem Fenster miauen», erzählte Anna, «gut, dass ich vorhin noch beim Einkaufen war und Milch hatte.»
«Der verhungert nicht so schnell», sagte ich. «Anna, tu mir bitte den Gefallen und rufe gleich Li an. Damit sie ihn abholt.» Ich marschierte schnurstracks ins Sprechzimmer.

Boris würdigte ich keines weiteren Blickes mehr. Der Mistkerl hatte eine tolle Nacht gehabt. Seine samthäutige, mandeläugige Besitzerin vermutlich ebenfalls. Und was war mit mir? (Neid, liebe Nivea, ist ein destruktives Gefühl. Was du eigentlich wissen solltest!)

«Ich träume jetzt auch manchmal tagsüber von Molly, meiner schriftlichen Liebe. Mit offenen Augen!», sagte Miguel mit todernstem Gesicht.
Eine «schriftliche Liebe» war auch mal was Neues.
«Tagträume sind gut für die Seele. Solange man nebenher noch seine Arbeit tun kann. Und das können Sie doch hoffentlich, Miguel, oder?», fragte ich.
Er nickte eifrig. «Mein Herz hat tatsächlich wieder fliegen gelernt. Es geht mir viel besser als noch vor kurzer Zeit. Ich kann besser denken, besser schmecken, besser riechen, besser fühlen.»
«Wunderbar, das freut mich! Und ich sehe, Sie haben auch wieder einen Brief für Molly dabei?»
Dieses Mal überreichte er mir ohne Zögern seine schriftlichen Liebesergüsse. Ich warf nur einen kurzen Blick hinein und musste schon wieder beinahe lachen. Schnell biss ich mir einmal mehr auf meine geschundene Unterlippe.
Miguels Liebesschwüre wurden immer feuriger. Leider aber auch schwülstiger. Hoffentlich sprang Molly nicht im Sechseck, wenn sie das lesen musste. Und erklärte ihren heimlichen Verehrer endgültig für verrückt. Dabei täte es Molly so gut, wenn auch ihr Herz endlich wieder fliegen lernte. Seit der Geschichte mit der taktlosen Henry-Arschgeige schien sie mir immer noch ein bisschen geknickt zu sein …
«Nächsten Montag gibt es in meinem Institut eine offene

Tür», funkte Miguel in meinen Gedankengang, «ich möchte Sie gerne dazu einladen. Es gibt auch Bier und Sekt und ein Büfett.»
«Sie meinen, einen Tag der offenen Tür, Miguel?», fragte ich vorsichtig nach.
«Ah ja, richtig. Tag der offenen Tür. Sie kommen doch?»
Ich überlegte kurz. Montag war mein einziger wirklich freier Tag in der Woche. Aber ich hatte mir ja geschworen, so schnell nicht wieder auf die Jagd zu gehen ... «Ich denke, ich kann es einrichten. Jedenfalls vielen Dank für die Einladung, Miguel!»
Eigentlich war die Stunde bereits zu Ende. Doch Miguel schien noch etwas auf dem Herzen zu haben.
«Ja, Miguel, was gibt es denn noch?»
«Könnten Sie ... würden Sie vielleicht auch Molly mitbringen wollen?» Jetzt war es heraus. Er vermied es peinlichst, mir dabei in die Augen zu sehen, der Halunke!
«Ich möchte nicht ... damit Sie sich nicht einsam fühlen.»
Soso, er machte sich also Sorgen um mich. Wie rührend!
Jetzt konnte ich nicht mehr anders, ich musste einfach lachen. «Bestimmt nicht! Sie sind doch da, Miguel, oder? Sie werden mich doch nicht alleine in einer Ecke stehen lassen?» Ich zwinkerte ihm frech zu.
Plötzlich hatte er es ziemlich eilig, aus meinem Sprechzimmer zu kommen. Er riss beinahe den Stuhl um, so hastig verabschiedete er sich von mir.
«Bis Montag dann, ich freue mich!», rief ich ihm nach.
Miguels Brief steckte ich noch an diesem Abend in ein Kuvert, klebte einen der fertig bedruckten Aufkleber mit Mollys Adresse vorne drauf und warf ihn später auf dem Heimweg in einen Briefkasten.

Freitagabend. Der Seminarraum 012 war erfreulich voll, als ich mit fünfminütiger Verspätung eintraf.
Flirten – aber richtig! hieß das heutige Thema.
Ich bemerkte, dass dieses Mal viel mehr junge Gesichter unter den Anwesenden waren. Und fast fünfzig Prozent Männer! Kaum zu glauben, die Herren der Schöpfung hatten Nachhilfe in Sachen «Anknüpfen zarter Bande» nötig? Oder wollten sie bloß lernen, wie man schneller ans Ziel kam? Mal sehen …
Nach der Begrüßung und ein paar einleitenden Worten wandte ich mich an einen jungen Mann in der ersten Bankreihe: «Was erhoffen Sie sich persönlich von diesem Seminar?»
«Ich möchte herausfinden, was Frauen wollen», sagte er ernsthaft, «ich lese deshalb auch öfter Frauenzeitschriften, die Cosmopolitan zum Beispiel. Schon weil ich beruflich viel mit Frauen zu tun habe, möchte ich vermeiden, ständig ins Fettnäpfchen zu treten, verstehen Sie?»
«Ich glaube schon», lächelte ich, «das klingt ja sehr seriös und lobenswert.»
Er nickte stolz, die feine Ironie hinter meinen Worten schien er nicht bemerkt zu haben. Ganz hinten kicherten einige Damen unterdrückt, sonst blieb es ruhig im Raum.
In diesem Moment fiel mein Auge auf den Seehundschnauzer, der mich jovial angrinste.
«Oh, hallo», begrüßte ich ihn, «ich nehme an, Ihre Beweggründe sind andere als die des jungen Herrn hier vorne?»
Der Seehundschnauzer grinste traurig.
«Allerdings», sagte er, «ich will nämlich keineswegs herausfinden, was Frauen wollen. Ich will lernen, was ich tun muss, damit Frauen rasch erkennen, was ich will! Und mög-

lichst freundlich darauf eingehen. Damit mir eine Abfuhr wie neulich erst erlebt in Zukunft erspart bleibt.»
Einige Leute (meist Männer) klatschten Beifall, andere (hauptsächlich junge Damen) buhten oder lachten hämisch.
Ich hob die Hand: «Bitte, meine Herrschaften! Jeder hat das Recht, seine Meinung frei zu äußern.» Es wurde ruhig.
Mir fiel die kleine Szene letztes Mal nach dem Seminar mit Brigitte und dem Seehundschnauzer unten im Hof wieder ein. Ob er wohl darauf anspielen wollte eben? Durchaus möglich. Eine Abfuhr hatte er sich damals tatsächlich eingehandelt.
Zu dumm, dass Brigitte heute keine Zeit hatte. Sie war nämlich mit dem Zoodirektor verabredet, hatte sie mir heute Mittag am Telefon rasch erzählt. Brigitte recherchierte eifrig in Sachen «Erotik und Liebesspiele der Tierarten.»
Wäre sie jetzt hier gewesen, ich hätte sie eiskalt wieder mit dem Seehundschnauzer zusammengespannt! Um meine theoretischen Ausführungen zum Thema *Flirten, aber richtig!* von den beiden an Ort und Stelle demonstrieren zu lassen. Wäre sicher ein Heidenspaß gewesen bei Brigittes komischem Talent.
Es wurde dann auch so noch ein ganz guter Seminarabend. Allmählich hatte ich ja Übung …

Samstag gegen Mittag rief Molly an.
«Du schläfst doch nicht etwa noch? In einer halben Stunde erwarte ich dich im Café Tambosi, verstanden? Die Sonne scheint, und außerdem habe ich eine Überraschung. Eigentlich sogar zwei …» Damit legte Moll bereits wieder auf. So-

fort war mir klar, Moll hatte was Wichtiges auf dem Herzen.
Ich war gerade aus der Dusche gekommen und hatte mich auf ein gemütliches Balkon-Spätstück mit Zeitung gefreut. Im Tambosi war es jetzt sicher schon proppenvoll. Seufzend angelte ich ein sommerlich weißes Leinenkleid aus dem Schrank. Der knallrote Lippenstift verpasste meiner Erscheinung den entscheidenden Farbklecks, quasi das i-Tüpfelchen.
«Im Nu bin ich ausgehfein und guter Laune obendrein!», schmetterte ich laut, aber falsch meinem Spiegelbild entgegen. Das Gesicht im Spiegel lachte fröhlich, und augenblicklich war ich tatsächlich gut gelaunt. So was nannte man glatte Selbstüberlistung. Es lebe die Psychologentrickkiste!
Moll wartete bereits auf mich.
«Wo brennt's denn?», fragte ich und setzte mich neben sie.
Sie holte einen zartgelben Umschlag aus der Tasche, dann einen weißen. Den gelben kannte ich. Deshalb linste ich interessiert nach dem weißen. Natürlich kam zuerst der andere an die Reihe. (Das war die übliche Dramaturgie bei mehrfachen Überraschungen. Zuerst kamen sowieso immer die langweiligen oder – wenn man Pech hatte – die bösen ans Tageslicht ...)
«Hör einfach nur mal zu!», forderte Molly mich auf und begann halblaut vorzulesen: «In meinen Träumen sehe ich dich manchmal in einer Lagune mit glasklarem, durchsichtigem Wasser schwimmen. Du bist eine wasserblaue Nymphe mit offenem Blondhaar, die mich in ihre weichen Arme und dann auf den Grund der Lagune hinabzieht. Wir tan-

zen eng umschlungen, während bunte Fischschwärme uns begleiten. Unsere Leiber werden eins auf dem Grund der Lagune. Deine weichen Lippen schmiegen sich auf meine, ich atme mit deinem süßen Atem. Du schenkst mir so die Kraft zum Überleben, sogar unter Wasser.

O Molly! Weißt du eigentlich, wie wunderschön du bist? Welch atemberaubenden Körper du besitzt? Ich wollte, ich könnte jetzt schon stolz und öffentlich behaupten, jedes einzelne Teilchen davon gehöre mir! Dies ist mein größter Traum, mein kühnster Wunsch, meine wunderschöne Lagunen-Nixe ...» Molly brach ab. Natürlich kannte ich die Stelle bereits, es war noch die harmloseste im Text.

«‹Em Punkt›?», fragte ich scheinheilig und hob eine Augenbraue. «Himmel, muss der verrückt nach dir sein!»

«Manuel ist, glaube ich, wirklich was Besonderes.» Molls Stimme klang weich, ihre Augen hatten einen sehnsüchtigen Glanz bekommen. «Ich würde ihn zu gerne mal sehen. So weit bin ich mittlerweile, Nivea, lach mich nicht aus, ja?»

«Das tue ich bestimmt nicht, Moll! Ich glaube, dieser Manuel, oder wie immer er auch heißen mag, liebt dich tatsächlich. Hat er denn diesmal irgendein Treffen vorgeschlagen?» (Hatte Miguel natürlich nicht. Er wusste genau, ich würde ihn sofort kaltstellen. Mal abgesehen von der Montagseinladung zur «offenen Tür», aber davon ahnte Moll ja nichts!)

«Nein, aber ich bin sicher, das kommt noch. Er geht so überaus behutsam vor. Mit jedem Brief kommt er mir ein Stückchen näher. Ich glaube, er weiß das. Und dass ich diese Zeit auch brauche.»

«Na schön», sagte ich, «dann warten wir die weitere Entwicklung der Sache einfach ab. Was ist eigentlich in dem anderen Umschlag? Die große Überraschung etwa?»

Molly nickte und reichte ihn mir. «Lies selbst, Nivea.»

Der Veranstalter des Miss-Molly-Wettbewerbs bedankte sich für Molls Bewerbungsunterlagen und lud sie zur Teilnahme in Berlin herzlich ein. Für Anfahrt und Unterkunft müsse sie selber sorgen. Ansonsten entstünden ihr keine Kosten …

Ich stieß einen Freudenschrei aus, was immerhin endlich eine Bedienung herbeirief. Moll und ich bestellten Sekt, Cappuccino und Croissants. Zur Feier des Augenblicks.

«Mensch, Moll, siehst du wohl? Ich hatte dir prophezeit, die laden dich ein. Und siegen wirst du auch!»

«Du kommst doch sicher mit, Nivea?»

«Klar, das hatte ich fest versprochen …»

«Ist aber schon heute in drei Wochen!»

«Na und? Ich glaube nicht, dass ich ausgerechnet an jenem Wochenende meine Hochzeit feiern werde. Also bin ich frei!»

«Apropos Hochzeit», sagte meine Freundin, «eigentlich inzwischen schon mal wieder was von Hannes gehört?»

«Willst du mir die Laune verderben? Reden wir lieber über deinen Manuel, der gibt mehr her», wich ich aus.

Sofort begannen Molls Augen erneut zu leuchten. Nachdenklich sagte sie: «Seine Briefe haben mich total aufgebaut. Irgendwie finde ich mich auf einmal wirklich toll. Rund und schön. Und ich sehe mich als Siegerin, Nivea, stell dir das mal vor! Allein dafür verdient dieser Manuel ein Bussi …»

Darauf stießen wir dann auch gleich mit unseren inzwischen servierten Sektgläsern an.

Später gingen wir noch einkaufen. Moll brauchte Garderobe für Berlin und ich auch. Keine Frage, dass wir viel zu viel Geld ausgaben. Wir verfielen regelrecht in einen kollektiven Kaufrausch. Ich durfte gar nicht daran denken, was das, rein psychologisch gesehen, wieder bedeutete …

14

Miguel kam mir bereits in der hellen Eingangshalle des Biologischen Instituts entgegen. Es roch nach Chemikalien und irgendwie auch nach Affenkäfig. Merkwürdige Mischung jedenfalls.

«Herzlich willkommen, ich freue mich!» Wir schüttelten uns die Hände. Dann folgte ich Miguel einen langen schmalen Gang hinunter bis zu einer Glastür, an der ein großes weißes Schild hing: «Tierversuchs-Labor, Abteilung Hirnforschung».

Abrupt blieb ich stehen: «Sie machen Tierversuche hier, Miguel? Das wusste ich ja gar nicht.»

«Ich arbeite eigentlich in einer anderen Abteilung, ein Stockwerk höher», erklärte Miguel, «aber den Tag der offenen Tür veranstalten heute die Kollegen von der Hirnforschung. Es sollen Leute vom Tierschutzverein kommen. Damit die sehen, dass hier keine Affen sinnlos gequält werden.»

Wir schritten durch die Tür mit dem Schild und kamen in eine Art Vorraum, wo bereits ein kaltes Büffett und eine provisorische Bar auf die ersten Gäste warteten. Auf beiden Längsseiten des Raums befanden sich weitere Türen, hinter denen sich offensichtlich Labors befanden.

«Kleinen Moment noch, ich komme gleich!», ertönte eine wohlklingende Männerstimme aus einem der Labors, dessen Tür halb offen stand. Weit hinten in meinen Gehirnwindungen blitzte es kurz auf. Die Stimme kam mir irgendwie bekannt vor. Ich versuchte mich zu erinnern, wo ich dieses

Organ erst kürzlich gehört haben könnte. Aber dann sprach mich Miguel wieder an, und das kleine Erinnerungsflämmchen erlosch.

«Kommen Sie, Frau Doktor», sagte Miguel betont höflich und öffnete eine weitere Tür rechter Hand, «ich zeige Ihnen die Affengehege. Sie mögen doch Tiere?»

Ich nickte zustimmend. Allerdings fiel mir in dem Moment Lis Kater Boris ein, und ich musste mich zusammenreißen, nicht gleichzeitig «Nein!» zu kreischen.

Miguel zeigte mir also die Käfige, in denen mehrere Makaken munter herumturnten. Es handelte sich um zwei große Räume, an die sich zur Gartenseite hin doppelt so weiträumige Außengehege anschlossen. Von der Decke hingen Schaukelreifen, Kletterseile und Säcke herunter. Der Geruch nach Affenhaus war ziemlich intensiv hier, mein feines Näschen hatte mich also vorhin nicht getäuscht. Die Primaten kamen neugierig ans Gitter, als Miguel und ich eintraten, um kurz darauf kreischend wieder nach hinten zu flüchten. Ich war positiv überrascht. Ein Tierversuchs-Labor hatte ich mir schlimmer vorgestellt. Eher wie so eine Art moderne Folterkammer.

Aber dann wurde mein Blick von einem Einzelkäfig neben dem Gehege angezogen. Darin hockte ein einzelner Affe und sah mich traurig aus großen dunklen Augen an. Das Tier bot einen bemitleidenswerten Anblick. Sein Schädel war kahl geschoren und rosafarben. Es sah aus, als läge das Gehirn offen da.

«Großer Gott», entfuhr es mir, «der arme Kerl!»

«Das ist bloß Zahnzement auf Theos Kopf», erklärte Miguel sofort, «der wird auf den Knochen aufgetragen, um die Elektroden zu fixieren.»

Theo hieß das arme Schwein also!

Ich trat näher an den Käfig heran. Theo sah mich unverwandt an. Er gab keinen Laut von sich. Aber seine Augen sprachen zu mir. Ich konnte deutlich in ihnen lesen: «Siehst du, was sie hier mit mir machen? Hol mich heraus, wenn du kannst, bitte!»

Vorsichtig und langsam steckte ich den rechten Zeigefinger durch das Käfiggitter. Ein Weilchen passierte nichts. Aber dann streckte Theo plötzlich ebenso langsam und vorsichtig ebenfalls einen Zeigefinger – allerdings den linken – aus und kam näher. Der behaarte Affenfinger strich sanft über meine Haut, ehe er sich hastig wieder zurückzog. Die dunklen Augen wichen dabei keinen Augenblick von meinem Gesicht.

In diesem Moment wurde mir schlagartig klar: Ich musste Theo hier herausholen! Koste es, was es wolle ...

«Ah, Miguel, hier bist du! Willst du mir deinen Gast nicht vorstellen? Zu trinken habt ihr auch noch nichts, wie ich sehe! Behandelt man so eine Dame, Herr Kollege?» Die wohltönende Männerstimme von vorhin ließ mich herumfahren.

Bevor Miguel auch nur den Mund aufmachen und zu einer Antwort ansetzen konnte, riefen Hannes und ich fast gleichzeitig: «Das darf doch nicht wahr sein!», und kurz darauf: «Was machst du denn hier?»

Aus und vorbei war's mit den höflichen Begrüßungsfloskeln! Dafür war uns beiden wohl der Schreck zu tief in die Knochen gefahren. Ich hatte mir ein etwaiges Wiedersehen ja auch etwas anders ausgemalt.

Miguel schaute von einem zum anderen. «Ihr kennt euch also!», stellte er trocken fest.

Wie Recht er doch hatte, der Gute!
Zum Glück brach jetzt draußen im Vorraum ein regelrechter Tumult los. Offenbar hatte eine Horde lärmender neuer Gäste eben das Institut betreten.
Und dann stürmten sie auch schon herein. Es mochten höchstens sechs oder sieben Leute sein, aber sie führten sich auf wie eine ganze Fußballmannschaft vor dem gegnerischen Tor. Allen voran marschierten Bobby und Bruno. Letzterer schwenkte ein Schild hoch über seinem Kopf: «Schluss mit allen Tierversuchen! Sofort!»
«He, Nivea!», schrie Bobby überrascht. «Was machst du denn hier?»
«Keine Ahnung!», schrie ich zurück. Ich drängte mich an den Tierschützern vorbei und wollte gerade das Weite suchen, als mich jemand am Handgelenk packte. Ich starrte in Brigittes lachende Augen. Sie musste eben erst hereingekommen sein. «Nivea, aber hallo! Willst du etwa schon wieder gehen?»
«Am liebsten», bekannte ich schwach, «aber jetzt, wo du da bist, bleib ich vielleicht noch. Was treibt dich her?»
Sie hob ihren Notizblock in mein Blickfeld. «Arbeit. Bruno rief mich an und meinte, ich könnte über die heutige Aktion des Tierschutzvereins einen Artikel schreiben.»
«Das kannst du sicher», sagte ich nachdenklich, «komm mit, ich will dir nur eben rasch Theo vorstellen.»
Ich würdigte Hannes keines Blickes, als ich mit Brigitte im Schlepptau zum Käfig zurückkehrte. Die Tierschützer schrien mittlerweile rhythmisch im Chor: «Stoppt die Tierversuche, lasst die Affen frei, sperrt dafür die Forscher ein!» Oder so ähnlich jedenfalls, ich hörte nicht genau hin.
«Armes Schwein!», stellte Brigitte fest, als sie Theo sah. Sie

ging vor dem Käfig in die Knie und zückte ihre Pocketkamera. Als das Blitzlicht losging, flüchtete Theo laut kreischend in die hinterste Ecke seines Kerkers.
«Das ist kein Schwein, das ist ein Affe namens Theo», klärte ich Brigitte auf, ehe ich die Frage auf sie abfeuerte, die mir seit einigen Minuten auf der Zunge brannte: «Sag mal, woher hat Bruno eigentlich deine Telefonnummer?»
Auf die Antwort wartete ich vergeblich, weil jetzt Bruno auch noch laut nach ihr rief (wenn man vom Teufel spricht!): «Brigittchen, kannst du mal kommen? Hier wird's interessant ...» Brigittchen! Hier wurde es tatsächlich immer interessanter! Konnte es sein, dass mir in den letzten Tagen irgendwas entgangen war?
Ich wollte Brigitte gerade in den Vorraum folgen, da kam Hannes von dort herein. Wir stießen praktisch unter der Labortür zusammen. Er sah mir in die Augen, griff nach meiner Hand und sagte: «Warte. Die kommen da draußen auch ohne uns zurecht. Miguel erklärt den Herrschaften alles.» Hannes drängte mich sodann zurück ins Affenhaus und schloss die Tür hinter sich. Wir waren allein. (Wenn man mal von Theo und den anderen Affen absah.) Zum ersten Mal seit jener Nacht!
Er sah mich an. Ich stellte fest, dass er wunderschöne Augen besaß, und wurde prompt nervös unter seinem eindringlichen, fragenden Blick. Verdammt, und das passierte mir!
«Tja», sagte ich endlich, «mit dir hätte ich heute garantiert nicht gerechnet. Was treibst du denn hier so? Affen foltern?» Ich lauschte dem Klang meiner eigenen Stimme nach, die irgendwie fremd klang, so blechern. Außerdem hatte ich eigentlich gar nicht so harsch herausplatzen wollen. Das hatte er jetzt davon, weil er mich bloß stumm an-

geglotzt hatte, wie ein Fisch. Ein bisschen mehr Freude über unser unerwartetes Wiedersehen hätte er ruhig zeigen dürfen.
«Ich schreibe an diesem Institut meine Doktorarbeit», sagte Hannes ungerührt, «wir treiben hier Hirnforschung, dafür brauchen wir die Primaten. Mein Vater ist vor Jahren an Alzheimer gestorben. Er verfiel buchstäblich vor meinen Augen. Es war schrecklich. Damals habe ich mir geschworen, alles zu tun, um bei der Erforschung dieser Krankheit mitzuhelfen. Im übrigen foltern wir die Tiere dazu keineswegs. Wie du siehst, sind sie auch munter und frech. Miguel Conibo versucht gerade draußen, deinen Kollegen die Arbeit unseres Institutes zu erläutern. Damit sie aufhören, uns Drohbriefe ins Haus zu schicken. Das hat in letzter Zeit leider unerträgliche Ausmaße angenommen. Wir wussten uns nicht anders zu helfen, als einen Tag der offenen Tür zu starten. Damit ihr seht, wie es hier drinnen wirklich zugeht.»
Ha! Offenbar glaubte Hannes, ich gehörte auch zu den Tierschützern! Was er wohl sagen würde, wenn er wüsste, dass Miguel mein Klient war und außerdem schwülstig-erotische Liebesbriefe an eine mollige Lady schrieb? Aber natürlich wusste Hannes außer meinem Vornamen (den er vermutlich auch längst vergessen hatte) ja rein gar nichts von mir (na ja, von ein paar intimen Einzelheiten mal abgesehen!), das durfte ich nicht vergessen. War vielleicht auch besser so.
Wieder schaute er mich jetzt so komisch an. Um abzulenken, deutete ich in Theos Richtung: «Und was ist mit dem da? Theo sieht schon eher so aus, als sei er gefoltert worden!»

«Theo ist ein Einzelgänger. Er kam etwas später als die anderen ins Institut und wurde von ihnen nicht akzeptiert. Deshalb auch der Einzelkäfig. Sie vermöbeln ihn gemeinsam, sobald wir ihn zu den anderen stecken wollen. Im Übrigen ist er mein besonderer Schützling, wir arbeiten schon seit drei Jahren zusammen.»

Tatsächlich hockte Theo jetzt, während Hannes und ich uns unterhielten, ganz vorne am Käfiggitter und beobachtete uns interessiert. Er zeigte keinerlei Angst oder gar Panik.

«Na schön», sagte ich großzügig, «ich glaube dir sogar. Ich weiß zwar nicht, warum, aber ich glaube dir. Trotzdem tut mir Theo leid. Es gibt tatsächlich bessere Leben als die eines Versuchsaffen in der Hirnforschung.»

Hannes sah mich an und lächelte richtig schön wehmütig. Ich schwör's, am liebsten wäre ich ihm durch die Haare gewuschelt! Da waren auch diese unsichtbaren sexuellen Schwingungen wieder, wie damals in der Kneipe ... Leise sagte Hannes: «Damit hast du wohl Recht, Nivea. Aber jeder von uns kriegt sein Fett weg im Leben, auch du und ich, keine Angst! Darf ich dir jetzt ebenfalls ein oder zwei Fragen stellen?»

Ich nickte gnädig, immerhin erinnerte er sich an meinen Vornamen. Hatte ich den kurzen Abschiedsbrief nach jener Nacht eigentlich mit «Nivea» unterschrieben? Ich konnte mich nicht mehr erinnern. Aber in der Bar hatte mich sicher jemand beim Namen gerufen damals ...

«Ich fand das Verhalten meines Begleiters am Tresen auch unmöglich an jenem Abend. Und konnte deinen Ärger verstehen. Ich hätte ihm auf der Stelle die Meinung sagen müssen, laut und deutlich. So viel ist mir heute klar. Ich habe viel darüber nachgedacht seitdem. Wenn ich anders reagiert

hätte, nur mal angenommen, Nivea … hätte unsere gemeinsame wunderschöne Nacht dann anders geendet?»
So, jetzt hatte ich den Salat! Und der Nachhall dieses «unsere gemeinsame wunderschöne Nacht» jagte mir prompt auch noch einen wohligen Schauer durch den ganzen Körper.
«Keine Ahnung, ehrlich!», hörte ich mich antworten. «Vermutlich aber nicht. Ohne das kleine Spektakel wäre ich vielleicht einfach ohne jeden Abschiedsgruß verschwunden. Ich wollte damals keine Beziehung, das war alles.»
«Und heute? Willst du heute etwa eine Beziehung, Nivea?» Hannes lächelte mich verschmitzt an.
«Das ist jetzt unfair!», platzte ich heraus. Ich merkte, dass ich rot geworden war. Wie konnte ich bloß solchen Unsinn daherplappern. Ohne groß nachzudenken. Aufwachen, Nivea!
«Okay, du hast Recht. Vergiss die Frage. Übrigens findet heute in drei Wochen hier in diesen Räumen meine Doktorfeier statt. Hast du Lust zu kommen? Ich würde mich freuen.» Hannes' Stimme klang jetzt anders, nüchterner und kühler als eben noch.
Montag in drei Wochen war der Tag «danach». Nach dem Berlin-Wochenende. An dem Molly die Miss-Wahl gewinnen sollte. Sicher waren wir dann schon wieder in München …
«Das war jetzt aber bereits die dritte Frage», sagte ich zu Hannes, «ein oder zwei hattest du bloß stellen wollen.»
«Jetzt bist du aber unfair!»
«Okay, du hast ja Recht. Ich werde versuchen zu kommen, zufrieden?»
«An einem Abend danach war ich mal allein in der Kneipe.

Irgendwie hatte ich gehofft, der Zufall könnte dich ebenfalls genau dann hereinwehen. War natürlich nicht so, aber versucht hatte ich es wenigstens. Den Kerl hinter der Bar mochte ich nicht nach dir fragen, du hättest es nicht gewollt, ich wusste das ja …» sagte Hannes leise und guckte dabei zu Theo hin, der begonnen hatte, sein Fell zu lausen.

Ich räusperte mich. Beinahe hätte ich gesagt: «Ich weiß, Molly hat mir erzählt, dass du da warst …» Stattdessen fragte ich: «Was wird eigentlich aus Theo, wenn du doch bald fertig bist mit deiner Doktorarbeit? Kriegt er dann einen anderen Versuchsleiter?»

Hannes ließ den Kopf hängen. «Schlimmer», sagte er, «ich will dich nicht anlügen, Nivea. Es ist üblich, die Tiere nach dem Ende einer Versuchsreihe einzuschläfern und ihr Gehirn genau zu untersuchen. Die Resultate sind oft sehr aufschlussreich. Ich werde das aber nicht mehr selbst machen müssen. Der Tag meiner Doktorfeier wird auch gleichzeitig mein letzter hier im Institut sein. Ich habe gekündigt.»

Mir wurde beinahe übel. Denn beide taten mir plötzlich unendlich leid. Theo sowieso, aber Hannes irgendwie auch. Theo hatte immerhin eine Chance. Ich würde auf jeden Fall versuchen, ihn hier herauszukriegen. Hannes musste allerdings selbst sehen, wo er blieb mit seinem Kummer. Außerdem wurde mir blitzartig klar, dass ich Theo noch vor Berlin entführen musste. Am Montag danach, auf Hannes' Doktorfeier, konnte ich dann zugucken, wie die Herren und Damen Wissenschaftler mit einem verschwundenen Versuchsaffen fertig wurden.

Nivea, was hast du dir da bloß wieder eingebrockt?

Draußen schwoll der Lärm jetzt wieder deutlich an. Meh-

rere Männerstimmen skandierten irgendwas in der Richtung «Freiheit für die Affen! Schluss mit dem Tod im Labor ...»
Hannes sah mich an. «Ich glaube, ich sollte meinen Kollegen Miguel ein bisschen unterstützen», sagte er zögernd.
«Tu das! Ich würde allerdings vorher gerne unbemerkt verschwinden», sagte ich, «mir ist eingefallen, ich habe noch einen wichtigen Termin. Gibt es irgendwo ein Hintertürchen?»
Hannes nickte prompt. «Komm mit, ich bringe dich raus.»
Eine Tür am anderen Ende des Affenraums führte in einen langen, schmalen Gang. Ich trabte hinter Hannes her, während ich versuchte, mir alles genauestens einzuprägen. Plötzlich standen wir vor einer weiteren Tür. An einem Haken an der Wand hing unschuldig ein Schlüssel. Hannes griff danach und sperrte die Tür auf. Sie führte direkt ins Freie.
«Du brauchst nur den Institutsgarten zu durchqueren und stehst direkt auf der Straße», klärte mich Hannes auf, «war schön, dich wieder zu sehen, Nivea!» Er beugte sich vor und gab mir einen durchaus keuschen Kuss auf die Stirn.
Obwohl – ich merkte, ich wurde schon wieder rot!
«Ich hoffe, ich sehe dich in drei Wochen», sagte Hannes, «vielleicht hast du ja bis dahin sogar deine grundsätzliche Einstellung zu Beziehungen überdacht ...» Er brach ab und grinste verlegen. Natürlich kam ich ihm kein bisschen entgegen, immerhin war das eben starker Tobak gewesen. Also lächelte ich bloß rätselhaft. Jedenfalls hoffte ich, dass mein Lächeln rätselhaft wirkte.
Tat es wohl, denn Hannes wurde sogar noch eine Spur verlegener. Hastig trat er den Rückzug an. «Also dann ...»

Ich hörte noch, wie er die Tür hinter mir wieder abschloss Aber immerhin hing der Schlüssel gleich an der Wand daneben! Ganz schön leichtsinnig, diese Institutsleute. Wahrscheinlich war ihnen noch nie ein Versuchstier unter den Händen weg einfach entführt worden, dachte ich hämisch.

15

Die nächsten Tage verliefen ungewöhnlich ruhig. Auch in der Praxis war nicht viel los. Allerdings schwante mir, dass es sich nur um die Ruhe vor dem berühmten Sturm handelte.
Willi Mayer rief irgendwann an und erzählte etwas von dringenden Terminen. Wir vereinbarten, die nächste Therapiestunde erst in zwei Wochen abzuhalten. Das war – stellte ich mit einem Blick auf den Kalender fest – der Dienstag nach Hannes' Doktorfeier und dem Berlin-Wochenende. Und der vierte Tag nach Theos Befreiung! Ich hatte nämlich mittlerweile beschlossen, die Entführung am Freitagnachmittag durchzuziehen. Dann würden die meisten Forscher das Institut bereits verlassen haben. Allerdings kam dann auch nur noch ins Gebäude, wer einen Schlüssel besaß. Das wusste ich von Miguel. Außerdem hatte er mir verraten (ich konnte Leute wirklich gut ausfragen), dass er freitags oft länger arbeitete, weil er dann mehr Ruhe hatte. Das unterstützte meine Pläne.
Ich würde einfach kurzfristig Miguel um einen weiteren Brief für Molly bitten, überlegte ich. Mit dem Hinweis, die Ärmste sei ein bisschen mit den Nerven herunter wegen einer bevorstehenden Prüfung am Montag und brauche dringend Aufmunterung! M.s Briefe hätten ihr in letzter Zeit so viel Freude und Kraft geschenkt (war nicht mal geflunkert!) – warum Molly also nicht erneut damit auf die Sprünge helfen?

Wie ich Miguel kannte, würde er extra eine Nachtschicht einlegen von Donnerstag auf den fraglichen Freitag. (Jeden Donnerstag kam er zur Therapie. Vermutlich würde er sowieso wieder einen Brief dabeihaben – ich würde einfach frech behaupten, zwei Briefe zu dem besonderen Anlass wären durchaus nicht zu viel. Mittlerweile hatte er sich dermaßen in seine leidenschaftliche Anbetung für Moll hineingesteigert, dass er garantiert nicht allzu viel über meine dürftige Argumentation nachgrübeln würde – Angewandte Psychologie Teil 2: «Wie manipuliere ich erfolgreich andere Menschen?» – Nivea, du wirst tatsächlich irgendwann in der Hölle schmoren!)

An jenem Freitag würde ich zufällig sowieso in der Nähe des Institutes einen Termin haben und könnte so den Brief bei Miguel abholen.(War doch ein netter Zug von mir, oder? Was tat man nicht alles für seine lieben Klienten …)

Ja, so müsste es gehen! Zufrieden machte ich mir eine Kurznotiz in meinen Terminkalender. Jetzt war nur noch die Frage zu klären: Wohin mit Theo?

Ich griff nach dem Telefon und rief Bobby an. Nachdem ich es ewig hatte klingeln lassen, legte ich auf und wählte Lis Nummer. Bobby war bei ihr. Na schön, wer sagte es denn!

«Hallo, Bobby! Sag mal, glaubst du, ich könnte Bruno einen Affen namens Theo aufs Auge drücken? Platz müsste er eigentlich noch haben in seiner Tierhandlung.»

«Du meinst nicht etwa den Versuchsaffen Theo?», kombinierte Bobby erstaunlich rasch. «Was hast du vor, Nivea?»

«Nichts weiter! Nur eine kleine Entführung, Bobby.»

«Du bist vielleicht eine Marke!» In Bobbys Stimme schwang Anerkennung mit. «Klar nimmt dir Bruno den armen Hund ab, ich rede mit ihm.»

«Theo ist weder ein armer Hund noch ein armes Schwein, sondern ein Affe!», leistete ich mal wieder Aufklärungsarbeit. «Sag Bruno, dass ich Freitag in vierzehn Tagen am frühen Abend, so alles gut geht, mit Theo bei ihm aufkreuzen werde!» Damit legte ich auf. Das war also auch erledigt. Zufrieden lehnte ich mich zurück und genehmigte mir einige Minuten Verschnaufpause. Bevor die nächste Klientin mit ihren ewig gleichen Eheproblemen hereinschneite.

Die nächsten beiden Wochen verliefen dann wirklich außergewöhnlich ruhig und vergleichsweise stressfrei. Ich hatte genügend Muße, um Kräfte für die bevorstehenden Abenteuer zu sammeln und um Molly mental auf ihren Auftritt in Berlin vorzubereiten. Haufenweise kaufte ich Frauenzeitschriften und studierte das Auflegen von dramatischem Augen-Make-up ebenso wie das richtige Schreiten, mit dem angeblich sämtliche Models der Welt über den Laufsteg staksten. Es war nicht ganz einfach, Moll dieses Wissen erfolgreich weiterzuvermitteln, da sie manchmal stur wie ein Maulesel sein konnte.
«Nivea! Eine Frau mit Kleidergröße 54 kann einfach nicht wie eine Gazelle zierlich trippeln», empörte sich Molly eines Tages, «sei froh, dass ich nicht solche Plattfüße habe wie die meisten Damen meines Kalibers! Frauen dieser Gewichtsklasse leiden nämlich überdurchschnittlich häufig unter Senk-und Spreizfüßen. Frag meinen Orthopäden.»
«Na schön», gab ich mich seufzend geschlagen, «aber denk wenigstens daran, die Brust rauszustrecken und den Bauch anzuspannen, okay? So viel sollten immerhin alle Zweibeiner, auch solche mit Plattfüßen, bei der Fortbewegung berücksichtigen. Macht in jedem Fall eine bessere Figur.»

«Uff», sagte Moll, «wenigstens Manuel liebt mich so, wie ich bin! Ich muss dir seinen letzten Brief noch vorlesen, Nivea …» (Bloß nicht, den kannte ich fast auswendig!)
«Dann denk meinetwegen an Manuel, aber streck um Himmels willen die Titten raus beim Gehen, Moll!», schrie ich grob.

Am Entführungs-Freitag rief ich Miguel im Institut an. Es war kurz nach vier Uhr nachmittags. Ob er den Brief für Moll fertig habe, ich sei jetzt gerade in der Nähe … Miguel bejahte. Ich bat ihn, in zehn Minuten unten in der Eingangshalle des Instituts auf mich zu warten. Außerdem fragte ich nach Johannes Kohlbeck, der hätte doch heute seine Doktorprüfung abzulegen. Wie es dem Ärmsten wohl ginge?
«Alles bestens!», informierte mich Miguel eifrig. «Die Prüfung war bereits heute Morgen. Der frische Doktor Johannes Kohlbeck ist sicher schon nach Hause gegangen. Jedenfalls habe ich ihn seit Mittag nicht mehr gesehen.»
Wunderbar! Genau das hatte ich hören wollen …
«Na, ich kann dem frisch gebackenen Herrn Doktor ja auch am Montag auf dem Fest gratulieren», sagte ich scheinheilig.
«Ah! Frisch gebacken heißt das», sagte Miguel.
Er wartete brav in der Halle, als ich eintrudelte, und ließ mich ein. Leise sagte er, als er mir den neuesten Liebesbrief in die Hände drückte: «Molly hat Ihnen also doch alles erzählt. Ich kombiniere daraus, dass ihr meine Liebe Freude bringt …» Erwartungsvoll starrte er mich an.
Ich wurde nervös. «Wir hatten doch gestern in der Praxis darüber gesprochen, Miguel. Jetzt muss ich leider los.»

«Ja, natürlich. Auf Wiedersehen», sagte er enttäuscht und blieb abwartend stehen.

Verflixt! Trotz meiner angeblichen Eile konnte ich ja nun nicht gut einfach gehen, ich hatte schließlich was vor ... Mein Blick fiel auf die Tür rechts von mir mit der Aufschrift DAMEN. «Bin gleich weg!», rief ich, während ich eilig darauf zustrebte. «Schönes Wochenende, Miguel.»

Zwei Minuten später öffnete ich die Tür von innen einen Spaltbreit und lugte vorsichtig hinaus. Die Luft war rein.

Ich bog scharf um die Ecke in den Gang ein, der zu den Versuchslabors führte. Niemand kam mir entgegen, es herrschte Feiertagsruhe in den heiligen Hallen. Ich gelangte unbemerkt bis vor Theos Käfig. Das kluge Kerlchen schien mich wieder zu erkennen. Zumindest kam er bei meinem Anblick vorne ans Gitter und hockte sich dort abwartend auf den Boden.

«Hi, Theo», flüsterte ich, «da bin ich wieder, wie versprochen!» Seine Kollegen nebenan im Gehege verhielten sich ebenfalls erstaunlich ruhig. Vermutlich waren sie voll gefressen, weil sie längst über ihre Wochenendvorräte hergefallen waren. Jedenfalls machten die Herrschaften allesamt einen ziemlich schläfrigen Eindruck.Umso besser, dachte ich.

Den Riegel an Theos Käfig von außen zurückzuschieben war eine Sache, die jeder Idiot gekonnt hätte. Anscheinend hatte hier keiner je damit gerechnet, dass jemand so verrückt sein würde, sich das zunutze zu machen. Am Gehege nebenan war dagegen ein richtiges Sicherheitsschloss angebracht. Aber ich wollte ja zum Glück nicht gleich die ganze Meute befreien.

Ich sah mich suchend um und entdeckte in einer Ecke des

Labors eine Schachtel, in der eine braune Wolldecke lag. Sie sah nicht allzu sauber aus, aber ich konnte Theo schlecht unverhüllt hier rausschleppen. Damit gleich jeder sah, dass ich mit einem lebendigen Affen auf dem Arm spazieren ging.

Wenn ich gedacht hatte, Theo würde mir freudig in die Arme springen, so hatte ich mich getäuscht. Er blieb abwartend auf dem Käfigboden sitzen und guckte zu mir hoch. Ich musste mich zu ihm runterbeugen und ihn wie ein Kind hochheben.

«Tut mir Leid, mein Alter», sagte ich, als ich ihn vollständig in die kratzige Decke hüllte. Er motzte auch nur ein kleines bisschen, es klang eher verschreckt als ärgerlich.

Jetzt galt es unbemerkt das Haus zu verlassen. Mit meiner lebendigen Last auf den Armen fühlte ich mich nun schon deutlich unbehaglicher. Ich merkte, wie mir der Schweiß ausbrach. Hoffentlich hing der Schlüssel tatsächlich wieder neben der Hintertür …

Er hing da. Das Problem war bloß, dass er reichlich weit oben an der Wand baumelte. Der lange Hannes war da neulich ohne Probleme hingekommen. Ich jedoch stellte fest, dass ich mich selbst auf Zehenspitzen noch gehörig strecken musste! Ohne Theo hätte ich es wohl geschafft, aber mit ihm war es unmöglich, wie ich rasch feststellte. Verdammt, ich würde ihn auf den Boden setzen müssen. Hoffentlich türmte er nicht. Ich sah mich schon hinter ihm herhechten durchs ganze Institut! Verdammt, da probierte ich es doch lieber noch mal so. Ich reckte mich erneut auf die Zehenspitzen und begann vor Anstrengung zu keuchen, als jemand hinter mir sanft sagte: «Warte, ich helfe dir, Nivea!»

Hannes reichte mir den Schlüssel herunter und nahm mir

dafür im Gegenzug den deckenverhüllten Theo aus den Armen.
Einen Moment lang stand ich zögernd da und starrte meinen unerwartet aufgetauchten Helfershelfer sprachlos an.
«Schließ die Tür auf», sagte endlich Hannes. Ich gehorchte stumm. Hannes folgte mir mit Theo auf dem Arm durch den Institutsgarten bis zu meinem kleinen Fiat, den ich vorhin nach mehrmaligem Um-den-Block-Kreisen direkt vor dem unscheinbaren Gartentürchen hatte parken können. Ich holte die Wagenschlüssel heraus und sperrte auf. Dann erst richtete ich die ersten Worte an meinen Retter: «Setz ihn auf den Beifahrersitz.» Und: «Vielen Dank für deine Hilfe.»
Ehe ich selber hinters Steuer kriechen konnte, saß Hannes bereits mit Theo auf dem Schoß auf dem Beifahrersitz.
«Du hast doch nicht im Ernst geglaubt, der Rabauke würde während der Fahrt brav sitzen bleiben, oder?», sagte Hannes und grinste. «Alleine hast du keine Chance, Nivea. Es sei denn, du würdest ihn fesseln. Affen turnen gern herum.»
Wortlos ließ ich den Motor an und fuhr los.
Wir sprachen kein einziges Wort mehr, bis ich vor Brunos Tierhandlung den Fiat abstellte. Erst dann sagte ich: «Ich kann einfach nicht fassen, dass du das getan hast, Hannes!»
«Und du? Was ist mir dir? Warum hast du es getan, Nivea?»
«Theo darf nicht sterben, das wollte ich nicht zulassen.»
«Siehst du», sagte Hannes, «mir ging's ganz genauso. Du bist mir lediglich um ein paar Minuten zuvorgekommen.»
Wir sahen uns an. Lange und irgendwie andächtig. Bis der arme Theo unter seiner stickigen Decke leise zu jammern

begann. Da stiegen wir beide schleunigst aus dem Wagen. Ich sperrte ab. Hannes drückte mir Theo in den Arm.
«Du gehst doch jetzt sicher da rein, oder?», sagte Hannes. «So weit schaffst du es auch alleine. Ich mache mich besser aus dem Staub. Seid nett zu Theo …»
Wieder mal brachte ich kein Wort heraus. Ich nickte bloß stumm. Hannes lächelte mich wehmütig an, drehte sich um und ging davon. Ich machte, dass ich mit Theo in den Laden kam.
«Bruno! Wir sind da …» rief ich laut.

16

Unausgeschlafen und ungeschminkt fand ich mich am nächsten Tag frühmorgens im ICE nach Berlin wieder. Moll hockte mir gegenüber am Fenster und sah auch noch reichlich blass aus. Was ihr recht geschah, meiner Ansicht nach! Mit dem Flieger wäre die Anreise viel bequemer und vor allem schneller vonstatten gegangen, aber Moll mit ihrer Flugangst hatte auf dem Zug bestanden. Außerdem behauptete sie, die Flugzeugsitze seien ihr zu eng, sie kriege Blutstau in den Beinen davon. Was eine tödliche Thrombose zur Folge haben könne. Ob ich ihr das wirklich antun wolle? Wollte ich eigentlich nicht, dafür hockte ich jetzt todmüde und griesgrämig im ICE und dachte über Zugunglücke und die jüngsten Pannen bei der Deutschen Bahn nach. Auch ein netter Zeitvertreib ... Als mir das zu unbehaglich wurde, beschloss ich, meine Gedanken in eine andere Richtung flattern zu lassen. Der Tag gestern war immerhin ziemlich ereignisreich gewesen. Ich musste dringend mit Moll alles bereden. Vor allem Hannes' Verhalten bedurfte einer gründlichen Durchleuchtung. Moll mit ihrer praktischen Art würde mir dabei sicherlich weiterhelfen können. Dummerweise war ich einfach noch zu müde, ich brachte kaum die Zähne auseinander, geschweige denn einen Ton heraus.

«Li macht sich wirklich gut hinter der Bar», sagte Molly gerade und gähnte herzhaft, «dank ihrer Hilfe habe ich wenigstens noch drei Stunden Schlaf abgekriegt. In der Kneipe war mal wieder die Hölle los heute Nacht.»

«Mhmm», sagte ich.

«Mittlerweile finde ich es richtig praktisch, dass Bobby mit Li zusammen ist», fuhr Moll ungerührt fort, «wenn ich jetzt mal wegwill, so wie heute, brauchen wir keine Aushilfe mehr anzuheuern. Li springt wirklich mit Freuden ein.»

«Mhmm», machte ich einsilbig. (Offiziell waren wir – Molly und ich – nach Mailand zu einem Einkaufstrip unterwegs. Moll wollte nicht, dass jemand zu Hause auch nur argwöhnte, sie könnte an einer Miss-Wahl in Berlin teilnehmen.)

Molly beäugte mich neugierig. «Ist was mit dir, Nivea?»

«Ähm», sagte ich und räusperte mich. Jetzt war definitiv der richtige Zeitpunkt da, um Molly über manches aufzuklären. Wenn sie schon so direkt fragte! Immerhin war einiges mit mir ... Ich holte den gestrigen Brief von Miguel aus meiner Handtasche. Wortlos reichte ich die beiden Blätter Moll hinüber. Während sie las, konnte ich noch ein bisschen dösen.

Zehn Minuten später hob Moll den Kopf von ihrer Lektüre.

«Wie bist du denn an diesen Brief von Manuel gekommen?», fragte sie und sah mich an. Sie wirkte völlig gelassen.

«Er heißt Miguel», sagte ich, «‹Em Punkt› heißt Miguel.»

«Na schön, Miguel also! Und weiter?»

Ich erzählte Moll alles brühwarm. Von Anfang an. Wie ich Miguel helfen wollte und ihm geraten hatte, sich seinen innerlichen Gefühlsstau von der Seele zu schreiben. Wie er ein Modell brauchte, damit er überhaupt zum Kugelschreiber greifen konnte. Wie ich ihm daraufhin Molls Foto (das mit der Spanischen Treppe in Rom) unter die Nase gehalten hatte.

«Er hat sich von Brief zu Brief mehr in dich verliebt, Moll», erklärte ich, «frag mich nicht, wie so was passieren kann. Auf alle Fälle ist es ihm passiert. Er sagt, er träumt jede Nacht von dir.»

«Sich selbst in etwas reinsteigern nennt man das!», sagte Moll. «Ist eigentlich dein Fachgebiet, Nivea, oder?»

«Ich bin im Moment ziemlich von der Rolle», gestand ich ein, «aber dass Miguel sich nicht einfach hysterisch in etwas verrennt, da bin ich mir ganz sicher. Du entsprichst einfach seinem Bild von einer Traumfrau, Moll, das ist alles.»

«Mhmm», machte diesmal Molly, «trotzdem möchte ich nicht, dass du ihn weiter ermutigst, mir zu schreiben, Nivea, hörst du? Ich muss erst mal gründlich über diese merkwürdige Geschichte nachdenken. Sollte ich irgendwann zu dem Schluss kommen, dass ich Manuel – äh – Miguel vielleicht doch gerne mal treffen würde, lasse ich es dich wissen, okay?»

«Klar!» Ich atmete auf. «Im Übrigen geht die Geschichte noch weiter ...» Ich erzählte Molly auch noch den Rest. Alles über den gestrigen Freitag. Bis hin zu Hannes' unerwarteter Schützenhilfe und meiner Verwirrung darüber.

«Tja, ich würde sagen ... wenn Miguel in mich verknallt ist, dann ist es dieser Hannes mindestens ebenso sehr in dich, Nivea!» Moll zwinkerte mir zu. «Eure gemeinsame Nacht ist an ihm genauso wenig spurlos vorübergegangen wie an dir!» Offenbar meinte Molly, was sie da sagte!

«Wenn das so ist,warum hat er dann nach jener Nacht nicht bei euch in der Kneipe nach mir gefragt?», wandte ich ein.

«Nach dem heißen Abschiedsbriefchen, das du ihm hinterlassen hast?» Jetzt lachte Moll. «Der Mann hat ja wohl auch seinen Stolz. Herrgott, Nivea, bist du die Therapeutin oder ich? Wie er sich gestern anlässlich des Affenkidnappings dir gegenüber verhalten hat, das verrät mehr über seine Gefühle, als ihm vielleicht selbst lieb ist.»
«Hinterher hat er nicht mal nach meiner Telefonnummer gefragt ...» maulte ich, «nennst du das etwa Interesse zeigen? Es ging ihm doch bloß um Theo. Was auch okay ist ...»
Moll seufzte und verdrehte die Augen dabei. «Du weißt doch, wo er wohnt! Und er weiß, dass du es weißt. Und er hat dich zu seiner Doktorfeier am Montag eingeladen. Was willst du noch hören? Es ist jetzt dein Spiel, Baby, kapiert? So, und jetzt lege ich mich hier bequem ein bisschen lang und halte einen ausgiebigen Schönheitsschlaf. Schließlich will ich heute Nacht noch auf ein Siegertreppchen. Du als mein Coach hättest mir das längst ans Herz legen sollen.» Sie lachte schallend, während ich das Gesicht verzog. «Derweil solltest du, liebe Nivea, noch ein bisschen über dein eigenes Gefühlsleben nachsinnen! Mir scheint, da gibt es allerhand zu entdecken. In Berlin darfst du mich wecken und mir später im Hotel beim Aufstylen helfen.»
Zwei Minuten später schlief Molly bereits friedlich. Während mein Gefühlsleben, wie sie es genannt hatte, begann, mit mir Achterbahn zu fahren. Im Kopf, im Magen und in der Brustgegend auch. So was hatte ich noch nie erlebt, ehrlich!

Ich durchlebte dieses verrückte Wochenende in einer Art Trance. Am späten Nachmittag waren wir endlich im Hotelzimmer. Wir packten aus. Moll begann, sich umzuziehen. Beim Frisör war sie bereits gestern noch in München gewesen. Der hatte ihr eine haltbare Lockenmähne verpasst, die sie bloß kopfüber in Form zu schütteln brauchte. Sehr praktisch, so was. Allerdings musste man dazu – wie Molly – im Besitz eines von Natur aus dichten und kräftigen Haarschopfes sein.

Moll stieg in das schwarze Chiffon-Flatterkleid, das wir zusammen ausgesucht hatten, und sah einfach hinreißend aus.

Anschließend schnappten wir uns ein Taxi. Je näher wir unserem Ziel kamen, desto aufgekratzter wurde Molly. (Ich hatte darauf bestanden, vorher noch an der Hotelbar ein Gläschen zu kippen.) Bis wir angekommen waren, den Taxifahrer entlohnt und unsere Einladungskarten vorgezeigt hatten, sprühte Molly regelrecht vor Charme und Witz. Eigentlich konnte jetzt nichts mehr schief laufen, befand ich. Ruhigen Gewissens übergab ich Moll der Empfangsdame, die sie hinter die Bühne geleiten und auf ihren Auftritt vorbereiten würde. Meine Zeit als Coach war um. Ich durfte mich in den Zuschauerraum verziehen und nach meiner Platznummer suchen. Erste Reihe ganz vorne, na prima! Wenigstens würde ich hier nicht in Versuchung geraten einzuschlafen. Obwohl ich total erschossen war und in meinem Bauch immer noch die dummen Schmetterlinge flatterten. Um mich herum füllten sich die Reihen. Ich bekam es kaum mit.

Plötzlich ein Tusch! Die Veranstaltung hatte begonnen.

Die ersten Frauen mit Rubensfigur marschierten über eine Art Laufsteg, während ein Moderator dazu launige Worte ins Mikrofon säuselte. Ich sah auf den ersten Blick, dass die

weitaus meisten von Molls Konkurrentinnen unsicher einhertapsten. Weder einen Hüftschwung wagten, noch ein Lächeln. Einfach verkrampft wirkten. Weil in unserer Gesellschaft eben derzeit mollige Frauen nicht so «in» waren. Und jede einzelne von ihnen das auch genau wusste und – schlimmer noch – längst verinnerlicht und akzeptiert hatte. Genauso hatte ich mir das vorgestellt! Da oben stolperten eine Menge potentieller Klientinnen für Doktor Nivea Cremers Praxis herum. (Die hätten alle einen Coach wie mich gebraucht zur Vorbereitung!)
Jede von ihnen war auf ihre Art durchaus ansehnlich. Bloß das gewisse Etwas fehlte den meisten. Die Ausstrahlung, die einer Frau nur Humor und Selbstbewusstsein verleihen konnten. Moll würde alle anderen wie nichts an die Wand spielen …
Und dann erschien sie endlich im Rampenlicht, mit der Startnummer 14. Ein Raunen ging durchs Publikum, als meine strahlend schöne, gut gelaunte Molly ihre Größe 54 über den Laufsteg schweben ließ. Launig und schlagfertig beantwortete sie die Fragen des Moderators. Beifall und Gelächter aus dem Publikum unterstützten Moll zusätzlich. Als sie abging, war mir hundertprozentig klar – wir hatten eben die Siegerin des Abends gesehen! Zwei, drei andere waren auch noch ganz nett gewesen, aber gegen Moll hatten selbst die keine Chance. (Es musste ja auch eine Zweit- und Drittplatzierte geben, oder?)
Es wurde ein richtiges Krönungsritual: Moll bekam eine schwarz-rot-goldene Schärpe umgelegt, ein Krönchen aufgesetzt und einen Vertrag mit einer Model-Agentur überreicht!
In ihrer launigen Dankesrede hob Molly zum Schluss ganz

besonders meine Wenigkeit hervor: «… und so danke ich meiner besten Freundin, Frau Doktor Nivea Cremer, für ihren professionellen Beistand, ohne den ich jetzt nicht als Siegerin hier vor Ihnen stünde …» Nett gesagt, nicht wahr?

Es wurde noch eine lange, heiße Nacht … Morgens um fünf kriegten wir gerade mal so wenigstens ein Mützchen Schlaf ab! Dann mussten Moll und ich bereits wieder zum Zug, der uns mit brummenden Schädeln zurück in die Heimat transportierte.

17

Am Montag erwachte ich erst gegen Mittag. Dank zweier Aspirin kurz vor dem Schlafengehen war der Kater von gestern längst über alle Berge. Ich fühlte mich frisch und ausgeruht und freute mich auf den Nachmittag. Dann würde ich Hannes wieder sehen und auf seiner Doktorfeier meinen geballten Charme versprühen. Nach Molls überwältigendem Triumph von vorgestern Nacht war ich der Meinung, dass mir ein bisschen Rampenlicht auch mal wieder gut täte.

Apropos Molly! Mir war vollkommen klar, dass sich in Zukunft ihr Leben durch diesen Sieg in Berlin verändern würde. Gestern im Zug hatte ich bereits vorsichtig versucht, sie darauf anzusprechen. Aber Moll war noch nicht in der Lage und willens gewesen, ihre Situation zu überblicken oder gar zu diskutieren. Also hatte ich sie in Frieden gelassen. Wenn sie meine Hilfe brauchte, wusste sie schließlich, wo ich zu finden war. Überhaupt wusste ja auch hier in der Stadt noch niemand Bescheid, selbst Bobby nicht. Es würde Molls vordringlichste Aufgabe sein, dies zu ändern.

Ich kuschelte mich noch einmal in die Kissen und beschloss, Moll vorerst ihrem Schicksal zu überlassen. Für mich ging es heute um etwas ganz anderes. In wenigen Stunden würde ich in Hannes' kornblumenblaue Augen blicken! Und darauf freute ich mich so sehr, dass es schon beinahe schmerzte …

Gegen vier Uhr nachmittags lief ich im Institut ein. Von Kopf bis Fuß durchgestylt, als ob diesmal ich an einer Miss-Wahl teilnehmen wollte. Im Institut empfing mich gähnende Leere. Kein Empfangskomitee stand bereit, kein entzückter Hannes eilte mir im wehenden weißen Forscherkittel entgegen. Was war hier los? Waren die alle ausgeflogen in die Sommerferien? Hatte es hitzefrei gegeben wie früher in der Schule? Einen winzigen Moment lang durchzuckte mich eine irre Freude – Hannes hatte gewusst, dass heute ein wichtiger Forscherkongress, sagen wir in Timbuktu, stattfinden sollte. Wo die gesamte Institutsbelegschaft geschlossen anzutanzen hatte. Außer Hannes, denn der hatte ja gekündigt. Und erwartete jetzt mich als einzigen Gast zu seiner Promotions-Party. Wir würden ein Privatfest feiern, ganz allein zu zweit …

Es war Miguel, der mich schließlich unsanft aus meinen Träumen weckte. In dem Vorraum, in dem neulich das Büfett aufgebaut gewesen war, kam er mir entgegen. Er starrte mich an wie eine Erscheinung. So herausgeputzt hatte er mich noch nie gesehen, fiel mir ein. Vor meinen Klienten in der Praxis trug ich auch nie so einen superkurzen Rock …

«Hallo, Miguel», begrüßte ich ihn, «wo steigt heute die große Party? Ist der frisch gebackene Herr Doktor anwesend?»

«Es ist etwas vorgefallen», sagte Miguel steif, «ich glaube, man muss jetzt gleich die Polizei rufen.»

Ich erschrak. Theo fiel mir schlagartig wieder ein. Ob Hannes wegen des spurlosen Verschwindens des Versuchsaffen Schwierigkeiten bekommen hatte? In meinem Eifer und den Aufregungen des Wochenendes hatte ich so weit gar nicht gedacht! Natürlich würde jemand im Institut für den Vorfall zur Rechenschaft gezogen werden. Dieser Jemand aber würde Hannes sein. Wer sonst?

«Doktor Kohlbeck ist offensichtlich entführt worden», sagte Miguel in diesem Moment.

Ich glaubte meinen Ohren nicht zu trauen. Theo war doch entführt worden, so viel wusste ich sicher! Die beiden, Theo und Hannes, konnte man ja wohl schlecht miteinander verwechseln ... «Entführt? Doktor Kohlbeck?», fragte ich ungläubig.

Miguel nickte. «Wir hatten hier in letzter Zeit schon öfter Drohbriefe von Tierschützern. Diesmal sind die Leute einen Schritt weiter gegangen. Sie verlangen den Stopp aller Tierversuche in unserem Institut. Im Gegenzug dazu wollen sie Doktor Kohlbeck herausgeben. Lesen Sie selbst ...» Er hielt mir ein Stück Papier unter die Nase.

Die einzelnen Wörter – aus einer Zeitung ausgeschnitten und auf ein weißes Blatt Papier aufgeklebt – ergaben sinngemäß das, was Miguel mir eben erklärt hatte.

«Wann ist das passiert?», stieß ich hervor, während meine Gedanken Purzelbäume schlugen. Hatten Bruno und Bobby hier etwa ihre Finger mit im Spiel? Steckten die beiden mit unter dem Deckmäntelchen der Anonymen Tierfreunde, die den Wisch unterzeichnet hatten? Zuzutrauen wäre es ihnen. In der Schule hatten sie bestimmt oft genug «Räuber und Gendarm» gespielt, um derart kindische Mätzchen aushecken zu können.

«Gegen Mittag kam Johannes ins Institut», sagte Miguel, «etwa vor einer halben Stunde suchte ich ihn, fand ihn aber nicht. Dafür lag dieser Brief auf seinem Schreibtisch. Mit zwei Kollegen haben wir inzwischen das ganze Institut abgesucht, bei Johannes zu Hause angerufen, aber er ist nirgends. Jetzt werden wir wohl die Institutsleitung informieren müssen. Die soll dann die Polizei rufen ...»

Na wunderbar! Wenn Bruno und Bobby wirklich mit der Sache zu tun hatten, würden sie Ärger kriegen. Andererseits hoffte ich um Hannes' willen, dass dem so sei. Wenigstens würden ihm die beiden Kindsköpfe nichts antun, da war ich mir sicher.

«Warten Sie», sagte ich zu Miguel, «ich habe einen Verdacht. Wenn er sich bestätigt, taucht Doktor Kohlbeck hier bald wieder auf. Kann ich irgendwo ungestört telefonieren?»

«An Johannes' Schreibtisch im Labor.»

«Wunderbar! Ich finde den Weg. Miguel, Sie halten bitte Ihre beiden Kollegen noch ein Weilchen davon ab, irgendjemanden von Hannes' Verschwinden zu unterrichten.»

Miguel starrte mich an. Endlich nickte er zögernd und sagte: «Theo ist übrigens auch verschwunden.»

Beinahe hätte ich «Weiß ich schon!» gerufen. Ich drehte mich schnell um und machte, dass ich ins Versuchslabor kam.

Zuerst rief ich Li an. Sie war allein und Bobby angeblich irgendwo unterwegs. Na schön, dann musste eben die so oft beschworene Solidarität unter Frauen heute einmal den Beweis antreten, dass es sie wirklich gab!

Ich holte tief Luft und erzählte Li in groben Zügen, was vorgefallen war. Bis hin zu Theos Entführung und wie Hannes mir dabei geholfen hatte. Dann bat ich sie inständig, bei Bobby auf die sofortige Freilassung von Hannes zu dringen.

«Dieser Hannes ist also der Mann, den Sie lieben, Nivea»,

sagte Li schlicht. «Machen Sie sich keine Sorgen, er ist bald wieder bei Ihnen. Bobby hört auf mich!»
Damit legte sie auf. Donnerwetter und Respekt. Li wusste, was Sache war! Unwillkürlich musste ich grinsen.
Anschließend wählte ich Brigittes Handy-Nummer. Wenn ich die Anzeichen der letzten Zeit richtig gedeutet hatte, dann kam ich über sie am effektivsten an Bruno heran.
«Pronto!», meldete sie sich.
«Brigitte, hier ist Nivea! Hör mir bitte einfach zu, ja?»
«Schieß los!», rief sie. Was ich auch tat. Brigitte brauchte ich nur halb so viel zu erzählen wie Li ... «Diese verrückten Hunde!», unterbrach sie mich. «Mach dir keine Sorgen um deinen Hannes, Nivea. Der sinkt in Kürze wieder in deine Arme. Bruno hört auf mich!» Kam mir irgendwie bekannt vor, der letzte Ausspruch. Auch Brigitte wusste also, was Sache war. Und beide, Li und Brigitte, glaubten, ihre Kerle fest im Griff zu haben. Na, dann durften sie das jetzt ruhig gleich mal unter Beweis stellen!
«Hör zu, Brigitte», sagte ich und gab meiner Stimme eine gewisse Schärfe, «mach schnell! Wir haben nicht viel Zeit. Ich konnte die Leutchen vom Institut hier eben nur mit Mühe davon abhalten, gleich die Polizei einzuschalten. Wenn Bobby und Bruno da mit drinstecken, könnte das böse Folgen für sie haben. So viel ist dir doch klar?»
Ich musste ein bisschen Druck machen! Schließlich wollte Hannes heute noch seine Doktorfeier abhalten. Sicher kamen auch bald die ersten Gäste. Dann wurde es peinlich.
«Wo bist du jetzt, Nivea?», fragte Brigitte zurück.
«Im Institut. An Hannes' Schreibtisch ...»
«Gut! Ich rufe dich in ein paar Minuten ebenda zurück. Gib mir nur kurz die Durchwahlnummer seines Apparates.»

Irgendwo hing doch ein Zettel mit den Hausapparaten. Ah, hier: «Zwo-vier-sieben.» – «Verstanden, Ende!» Klick ...
Ich legte den Hörer auf und lehnte mich zurück. Jetzt konnte ich nur noch auf Brigitte vertrauen und abwarten.
Miguel kam herein. Er setzte sich an den Schreibtisch, der dem von Hannes gegenüber stand, und blickte mich fragend an.
«Ich erwarte gleich einen Anruf, dann wissen wir mehr.»
Miguel nickte und faltete das Boulevardblatt auseinander, das vor ihm auf der Schreibtischplatte gelegen hatte. (Die Herren Forscher lasen offenbar auch nicht nur Hochgeistiges.) Ich starrte abwartend aus dem Fenster. Außer Miguels gelegentlichem Umblättern blieb es mucksmäuschenstill im Raum.
In diese Stille hinein schrillte Hannes' Apparat.
«Nivea?», sagte Brigitte. «Es ist alles in Ordnung! Derzeit sitzt Hannes zwar noch bei Theo im Käfig in der Tierschule, aber es geht ihm gut. In spätestens zwanzig Minuten trudelt er im Institut ein. Du kannst direkt da warten.»
«Verstanden», sagte ich, «ich danke dir!»
«Gern geschehen. Bruno ist schon ein verrückter Hund», Brigitte lachte jetzt am anderen Ende der Leitung, «er passt eigentlich gar nicht zu mir. Allerdings ist er verteufelt gut im Bett. Und wie ist es mit deinem Hannes?»
Ich räusperte mich und warf einen Blick zu Miguel hinüber, aber der schien in seine Lektüre vertieft zu sein.
«Äh, ich merke, meine Diagnose damals war richtig», sagte ich förmlich, «der Appetit ist zurückgekehrt ...»
«Und wie!», versicherte Brigitte. «Du bist ein Genie, Nivea! Übrigens hat Bruno gesagt, wenn er von dir und Hannes gewusst hätte, wäre die Sache natürlich anders gelaufen.»

«Tja», sagte ich, «ich muss jetzt leider Schluss machen.»
Als ich den Hörer auflegte, hob Miguel den Kopf.
«Alles okay!», strahlte ich zuversichtlich. «Doktor Kohlbeck wird schon in Kürze hier wieder auftauchen.»
«Sie hätten mir ruhig erzählen können, dass Sie und Johannes …» Miguel brach ab. Er sah verletzt aus.
«Ich wusste es doch selbst nicht, Miguel! Ehrlich …» (Na ja, Nivea! Darüber könnte man jetzt durchaus streiten …)

Es war kurz vor sechs, als Hannes eintrudelte. Er grinste und sah nicht im mindesten geknickt aus. Oder gar verängstigt. Auch nicht zerknautscht. Oder irgendwas in der Richtung, was man von einem eben freigelassenen Entführungsopfer eigentlich erwarten würde.
«Hi, ihr beiden Hübschen», begrüßte er Miguel und mich gut gelaunt, «hier bin ich wieder. Kleiner Montagsausflug», seine blauen Augen strahlten. Er sah zum Anbeißen aus. Ich funkelte ihn trotzdem wütend an. Er brauchte gar nicht zu meinen, dass er jetzt hier den großen Helden mimen konnte. Ohne mich säße er noch immer im Affenkäfig fest …
Hannes warf einen Blick auf seine Armbanduhr. «Gleich sechs», stellte er fest, «jeden Moment muss der Partyservice mit dem Büfett kommen. Miguel, bist du so nett?»
«Gerne, ich hatte es dir versprochen», sagte Miguel, stand auf und verließ das Labor.
«Miguel kümmert sich um das Büfett. Um den Aufbau …»
«Danke für den Hinweis. Das hatte ich bereits kapiert!», spöttelte ich. «Und wann kommen die nächsten Gäste? Ich meine, mich hattest du für sechzehn Uhr geladen, und …»

Er kam näher. Wie ein Kater sich an fremde Milchtöpfchen heranschleicht, so schlich sich Hannes jetzt an mich heran. Erinnerte mich irgendwie an Lis Mini-Jaguar namens Boris! Wie er sich an Ludmilla im Apfelbaum angeschlichen hatte …

«Mit dir hatte ich auch etwas Besonderes vor», schnurrte der zweibeinige Kater dicht vor meinem Gesicht.

Ich wich einen winzigen Schritt zurück. Die Schreibtischkante verhinderte aber einen weiteren Rückzug (zum Glück!).

Hannes holte prompt auf. Seine Lippen berührten mein Ohrläppchen. «Nette Freunde hast du da übrigens, Nivea! Ich konnte ja wirklich nicht ahnen, dass ihr mir einen Strich durch die Rechnung machen würdet heute», raunte er.

Ich setzte mich auf die Schreibtischplatte, dadurch konnte ich zumindest den Oberkörper zurückbeugen, wenn ich wollte. Natürlich rutschte dadurch der Mini noch höher.

«Mhmmm, sexy!», schnurrte der Menschenkater und drängte sich zwischen meine Knie. Ich sog eine Prise männlich-herben Duftes ein. In meinem Hirn ging eine Schranke auf. Ein Rotlicht wechselte gleichzeitig schlagartig auf Grün. Ich merkte, wie mir augenblicklich die Kontrolle entglitt.

«Ich gehöre nicht zu den Tierschützern», protestierte ich dennoch, «freundschaftliche Beziehungen pflege ich nur zu Randgruppen davon. Außerdem darf ich dich erinnern, dass ohne diese meine Beziehungen du jetzt noch im …» – Affenkäfig säßest, hatte ich sagen wollen. Aber so weit kam ich nicht. Hannes hatte seinen Mund auf meine Lippen gepresst. Derart gehandicapt bringe nicht mal ich mehr einen Ton heraus.

Wir küssten uns ziemlich heftig. Und lange.
Hannes preschte dann sehr zielgerichtet weiter voran. Ich meine, ich trug nur einen winzigen Tangaslip unter dem Mini, da hatte er natürlich leichtes Spiel. Ich setzte mich auch nicht direkt zur Wehr ... Als der Reißverschluss seiner Jeans einen Moment zu klemmen schien, half ich ihm sogar! Frauen sind bei so was ja bekanntlich geschickter.
Wenn die Nacht mit ihm schon toll gewesen war, dann war es unser Quicky auf der Schreibtischplatte nicht minder. Wir blieben noch ein Weilchen heftig atmend und eng umschlungen auf dem Schreibtisch liegen. Bis mein Steißbein sich bemerkbar machte. Ich schob Hannes sanft von mir herunter: «Mein Bett zu Hause ist entschieden bequemer ...»
«Die Einladung nehme ich glatt an. Noch heute Nacht!» Hannes küsste meinen Mund, die Augenlider. «Deine Gäste kommen, glaube ich», raunte ich, weil es jetzt draußen vor der Tür laut wurde, «und ich muss mich noch frisch machen.»
«Theo geht es übrigens super», verriet mir Hannes, während wir uns hastig wieder in vorzeigbare Form brachten.
Zehn Minuten später stieg dann die große Party!
Der frisch gebackene Herr Doktor musste Hände schütteln und Wangenküsschen von den anwesenden Damen entgegennehmen. Ich hielt mich lieber dezent im Hintergrund. Noch war ich sowieso viel zu verwirrt von dem, was dieser Tag mir heute wieder gebracht hatte, als dass ich große Lust auf das übliche Partygeflüster gehabt hätte. Immer wieder sah Hannes zu mir her und sandte mir Luftküsse quer durch den ganzen Raum zu. Ich lächelte verhalten zurück, ganz Lady und Herrin der Lage. Trotzdem stellte ich fest, dass

ich keinen Bissen vom Büfett herunterbekam. Mein Appetit war weg, restlos. Dabei hätte ich doch Hunger haben müssen, seit dem Frühstück hatte ich nichts zu mir genommen. Jemand drückte mir ein Glas in die Hand. Ich nahm es und trank. Erst als es beinahe leer war, merkte ich, dass es eine grässliche Bloody Mary gewesen war. Da war mir klar – ich musste völlig von der Rolle sein!

Irgendwann fiel mir auf, dass ich Miguel schon ein Weilchen nicht mehr gesehen hatte. Ich ging ihn suchen, fand ihn aber nirgends. Die Tür zum Versuchslabor stand offen. An dem Schreibtisch, wo Miguel heute Nachmittag mir gegenübergesessen hatte, brannte eine kleine Leselampe. Das Boulevardblatt lag noch aufgeschlagen da. Ich beugte mich darüber.

Das Foto von der strahlenden Molly mit der schwarz-rot-goldenen Schärpe um und dem Krönchen im Haar sprang mir sofort ins Auge. Der Text darunter klärte alles restlos auf: «Miriam Stecher, Gastronomin aus München, gewann am Wochenende in Berlin den ersten deutschen Miss-Molly-Wettbewerb ...» Selbst die Adresse von Mollys und Bobbys Kneipe stand da zu lesen. Schwarz auf weiß.

Schlagartig war mir klar, wohin Miguel verschwunden war!

Nun, er und Molly würden schon zurechtkommen, beruhigte ich mich sofort. Das waren erwachsene Menschen. Ich würde früh genug (vermutlich schon morgen) erfahren, was sich an diesem Abend noch abspielen mochte. Außerdem durfte ich selbst einer heißen Nacht entgegensehen, wenn mich nicht alles täuschte. Und die war mir momentan entschieden wichtiger.

18 Am nächsten Morgen erwachte ich in Hannes' Armen. Einen Moment lang erschrak ich zutiefst. Verdammt! Ein Mann in meiner Wohnung und in meinem Bett! Damit hatte ich die Routine meiner so angenehm anonymen Autobahn-Abenteuer ein für alle Mal durchbrochen. Von heute an würde nichts mehr so sein, wie es bisher gewesen war. Am Ende drohte mir nun gar eine ähnlich öde, gelangweilte Beziehungskiste, wie sie so viele meiner Klientinnen in meine Praxis trieb ... Ich merkte, wie Panik in mir aufstieg. Aber dann schlug Hannes die Augen auf, lächelte mich an und kuschelte sich enger an mich. Ich spürte seine Erregung, und mein Blut begann zu kochen. Da wurde mir wieder mal etwas klar: So wie es war, so war es gut!

Hannes kochte Kaffee, während ich duschte. Anschließend musste ich in die Praxis. Es war Dienstag. Willi Mayer würde kommen ... Hannes wollte nochmals ins Institut, seinen Schreibtisch aufräumen und hinterher heim in seine eigene Wohnung.

In dem Punkt waren wir uns nämlich schon mal wohltuend einig – wir würden nicht ständig zusammenglucken wie siamesische Zwillinge! Sondern zwei voneinander unabhängige, eigenständig planende und denkende Einzelwesen bleiben. Auf diese Weise wollten wir die Liebe und die Erotik so lange wie möglich auf dem Siedepunkt halten. Ende der Durchsage ...

Ich war kaum im Sprechzimmer, da legte mir Anna bereits ein Gespräch herein. Es war Molly.
«Ich wollte schon immer wissen, wie sich multiple Orgasmen anfühlen ...» vertraute sie mir übergangslos an.
«Und? Weißt du es jetzt etwa?», fragte ich vorsichtig.
«Allerdings!», sagte sie. «Übrigens wird Miguel nicht mehr zu dir in die Praxis kommen. Seine Therapie ist beendet. Den Rest kannst du ruhigen Gewissens mir überlassen.»
«Das freut mich. Für euch beide!»
«Ich erzähle dir demnächst alles ausführlich unter vier Augen», sagte Moll. «Außerdem will Bobby die Kneipe umbenennen in Miss-Molly-Bar. Er meint, die Leute würden uns in Zukunft die Bude noch mehr stürmen als bisher schon. Li arbeitet ab heute auch fest mit. Ich glaube, mit den beiden ist es was Ernstes, Nivea! Was mir nur recht sein kann. Angesichts meines brandneuen Vertrages mit der Model-Agentur.» Und dann sagte die frisch gebackene Miss Molly noch: «Vielen Dank für alles, Nivea!» Damit legte sie auf.
Und mir dämmerte es allmählich, dass ich in Zukunft tatsächlich einen Klienten weniger haben würde. Und Anna damit mal wieder Grund, besorgt die Augenbrauen zu heben ...

Kurze Zeit später nahm Willi Mayer vor meinem Schreibtisch Platz. Ich musterte ihn überrascht. Er hatte abgenommen, dadurch wirkte er jünger. Gleichzeitig sah er übermüdet aus. Was den ersten positiven Eindruck beinahe wieder aufhob.
«Es geht mir gut!», kam er meiner üblichen Eingangsfrage zuvor. «Ich kann wieder unbesorgt in Hotels absteigen.»
«Kein Drang mehr, Handtücher, Bademäntel oder Aschen-

becher einzupacken?» (Im Geiste sah ich mich bereits die nächste Klientenkartei schließen. Anna würde einen Anfall kriegen. Hoffentlich räumte wenigstens meine Bank mir einen höheren Überziehungskredit ein! Dann fiel mir auch noch der silbergraue Jaguar ein ... Es sah so aus, als ob dieser schicksalsschwere Tag heute tatsächlich auch das endgültige Ende meiner Jagdsafaris mit sich bringen sollte.)

Willi Mayer schüttelte heftig den Kopf. «Davon bin ich geheilt, wie es scheint. Dafür ...» Er brach ab.

«Dafür?»

Er schluckte. «Ihr Tipp letztes Mal mit den Außerirdischen und dieser Internet-Adresse, also ...» Wieder brach er ab.

«Ja? Was ist damit?» Allmählich verlor ich die Geduld.

«Ja also ... Am Anfang lief alles ganz super. Tut es jetzt eigentlich auch noch. Das Problem ist bloß, ich komme von meinem Computer nicht mehr los. Nächtelang hänge ich davor. Mittlerweile habe ich mir auch noch einen Laptop zugelegt, den schleppe ich ständig mit mir herum. Jede freie Minute klicke ich mich ins Internet ein. Selbst nachts im Hotel. Ich schlafe kaum mehr, esse wenig und kümmere mich auch nicht mehr so viel ums Geschäft. Allmählich glaube ich, dass ich eine neue Art von Suchtverhalten entwickelt habe ...»

«Computer-Junky ...» fiel ich ihm ins Wort.

Sichtlich erleichtert nickte er. «Das gibt es also? Es ist demnach therapierbar?»

«O ja», versicherte ich rasch, «es dauert natürlich seine Zeit.»

«Natürlich», sagte Willi Mayer hoffnungsvoll.

Ich lehnte mich beruhigt zurück. Ein Willi Mayer machte

beinahe zwei Miguels wett! (Und der Jaguar bliebe mir auch erhalten. Ich meine nur, falls … man konnte schließlich nie wissen. Jeder braucht ab und an ein Ventil, sogar ich!)
«An die Arbeit!», sagte ich zu Willi Mayer.

An eine Mittagspause war nicht zu denken! Willi Mayer hatte mein Sprechzimmer noch nicht richtig verlassen, da stellte Anna mir das nächste Gespräch durch.
«Na, du Arbeitstier», stichelte Brigitte, «heute schon gekuppelt?» Sie kicherte übermütig.
«Hör bloß auf!», stöhnte ich. «Kannst du dir vorstellen, dass es Leute gibt, die ihren Computer Wilhelmine nennen?»
«Es gibt bekanntlich nichts, was es nicht gibt!», philosophierte Brigittchen munter. «Sogar ehemalige Versuchsaffen, die Karriere beim Film machen wollen. Stell dir vor, Bruno meint, Theo sei absolut talentiert für so was. Er hat das ganze Wochenende mit ihm trainiert.»
«Sag mal, Brigitte, darf ich dich in aller Freundschaft was fragen? Was findest du bloß ausgerechnet an Bruno?»
«Was hat er, was andere Männer nicht haben, meinst du?»
«Ja, das auch …»
«Den passenden Körpergeruch vermutlich», sagte Brigitte. «Schon mal was von Pheromonen gehört, Nivea? Das sind unbekannte Körperdüfte, die bei Tieren wie Menschen das Sexualverhalten steuern können. Das hat man an der Universität von Chicago kürzlich rausgefunden. Wie es genau funktioniert, weiß man noch nicht. Nur dass die fraglichen geheimen Gerüche von unseren Nasen nicht bewusst wahrgenommen werden.»
«Die Chemie muss stimmen …» überlegte ich laut, «an dem Spruch ist also was Wahres dran.» Ich musste an Hannes

denken. Und wie mein Hirn gestern plötzlich ausgesetzt hatte, als er mir so unerwartet nahe gekommen war. Ich hatte ihn gerochen und … Halt! Stopp! DAS war es also gewesen? Ich hatte mich von seinen Pheromonen flach legen lassen …?!

«Absolut!», hörte ich Brigitte sagen. «Ist doch ein faszinierendes Thema, oder? Wäre glatt etwas für ein neues Seminar von dir. Überleg mal, was Frauen so alles anstellen, um den Mann ihrer Träume anzulocken. Welche Unsummen sie für Make-up und Klamotten ausgeben. Dabei könnte alles so einfach sein. Wenn der Richtige vor ihnen steht, dann kann er es quasi riechen. Und sie umgekehrt auch!»

Draußen, vor meinem geöffneten Fenster, turnte Ludmilla wieder einmal im Apfelbaum herum. Während ich noch über Brigittes letzte logische Schlussfolgerung nachsann, fiel mir etwas auf: Ludmilla sah verdächtig rundlich aus!

«Äh, Brigitte, wie läuft es eigentlich mit deinen Tiererotika?»

«Prima! Verkaufen sich wie frische Brötchen. Die Zweibeiner-Softpornos habe ich jetzt nicht mehr nötig. Zum Glück.»

«Schön. Dann weißt du vielleicht auch mittlerweile, wie lange Katzenladys trächtig sind …? Oder wenigstens, ob man es einer Katzendame nach einigen Wochen bereits ansehen kann, falls sie es denn ist.»

«Letzteres kann ich mit ja beantworten. Ersteres müsste ich nachschlagen, um es ganz genau sagen zu können.»

«Nicht nötig! Ich bin mir auch so sicher. Danke, Brigitte! Ich melde mich in den nächsten Tagen bei dir …» Langsam legte ich den Hörer auf.

Boris wurde also Vater! Wenigstens konnte ich meine

Hände von nun an in Unschuld waschen. Ich war keine Kupplerin. In meiner Praxis waren höchstens rein zufällig einige Fäden zusammengelaufen. Aber schuld an allem waren nur diese geheimnisvollen Pheromone … (Allerdings: im Fall von Willi und Wilhelmine waren doch wohl berechtigte Zweifel angebracht?!)

In der Mitte des Nachmittags wurde es ruhiger. Anna kam herein: «Hast du einen Moment Zeit für mich, Nivea?»
«Aber klar, für dich immer! Setz dich, Anna …»
«Also», sagte die beste aller Sekretärinnen, «ich muss leider kündigen, Nivea. Ich kann dir aber eine Nachfolgerin vermitteln. Zuverlässig und wirklich fit im Job. Hella ist eine gute Freundin. Sie will in Zukunft nur noch Teilzeit arbeiten. Also genau, was du hier brauchst. Bevor ich gehe, arbeite ich Hella selbstverständlich noch ein.»
«Was ist los, Anna? Probleme?»
Sie zuckte mit den Schultern. «Wie man es nimmt. Ich trenne mich von Jonathan! Ich will mein Abitur nachmachen und anschließend studieren. Psychologie. Ich bin hier auf den Geschmack gekommen, Nivea. Du warst ein anspornendes Vorbild. Der Kleine bleibt vorerst bei seinem Vater.»
Ich stand auf und ging um den Schreibtisch herum. Nahm Anna einfach in den Arm und drückte sie: «Ich wünsche dir viel Glück, Anna. Du wirst eine tolle Therapeutin werden.»
Sie nickte. Eine Träne glitzerte in ihrem Augenwinkel.
«Danke, Nivea. Und du, bleib wie du bist, hörst du?»
Ich musste grinsen: «Ich werde mich bemühen …»
Als Anna weg war, dachte ich noch mal über die Sache mit

den Pheromonen nach. Besonders langlebig schienen die Dinger auch nicht zu sein – warum sonst trennte sich Anna von ihrem Jonathan? Da blieben noch viele Fragen offen! Es sah wirklich nicht so aus, als würde uns Therapeuten die Arbeit in Zukunft ausgehen. Was mich doch sehr beruhigte …

19

Am darauf folgenden Montag fuhr ein einsamer Motorradfahrer im eng anliegenden schwarzen Lederanzug gemächlichen Tempos wieder einmal dieselbe Autobahnstrecke ab, auf der er nun schon seit Wochen patrouillierte. Er hatte die Hoffnung immer noch nicht aufgegeben, die schöne Lady im Silber-Jaguar wieder zu sehen. Tag und Nacht musste er an sie denken. Sie hatte ihn verhext, völlig in ihren Bann geschlagen. Damals, bei jenem heißen Schäferstündchen in ihrem Luxusschlitten. Und es war ein Montag gewesen … Das Schild mit dem Tankstellenzeichen tauchte auf. Der Motorradfahrer setzte den Blinker. Vielleicht konnte ihm ja der Tankwart weiterhelfen! Er hatte die Lady damals gegrüßt, als würde er sie kennen.
Vor einer der Zapfsäulenreihen bremste der Fahrer, hielt an und nahm seinen Helm ab. Ein blonder Lockenkopf kam zum Vorschein. Das Gesicht war tief gebräunt, der Sommer war lange und ungewöhnlich heiß gewesen dieses Jahr. Eine widerspenstige Locke fiel dem jungen Mann verwegen in die Stirn. In diesem Moment fuhr der silbergraue Jaguar langsam heran und hielt hinter dem Motorrad an.
Dem Lockenkopf wurde es augenblicklich heiß. Seine Augen wanderten hinunter zum Nummernschild des Wagens. Es war ein Münchener Kennzeichen gewesen, damals, das wusste er genau. Und dieses hier zeigte ebenfalls ein M. Gleich würde sie ihre atemberaubend langen Beine aus der Tür schwingen und –

Ein älterer Herr entstieg der Fahrertür! Der Lockenkopf schätzte den Opa auf mindestens fünfzig.
«Schon eine Spur vom Tankwart entdecken können?», fragte der Opa den Lockenkopf, der seine maßlose Enttäuschung kaum verbergen konnte. Er verneinte kopfschüttelnd. Der Alte machte sich auf die Suche, er schien es eilig zu haben.
Ein rascher Blick ins Innere des Jaguar – der Lockenkopf erkannte die weinroten Ledersitze wieder! Auch das Einschubfach für die Minibar und das Autotelefon, mit dem sie damals die Werkstatt für ihn angerufen hatte. (Und deren Besitzer ihn für die Reparatur der Maschine später hatte ziemlich bluten lassen, aber das war jetzt nebensächlich.)
Es war exakt derselbe Wagen! Nur lag diesmal noch ein tragbarer Computer auf dem Beifahrersitz, der wohl dem Opa gehörte. Ob der Alte ihr Ehemann war?
Der Lockenkopf schloss die Augen und stellte sich einen Moment lang vor, wie er den Kerl im Duell besiegen und dann mit der Jaguar-Lady hinten auf seiner Maschine in den Sonnenuntergang hinein auf und davon fahren würde …
Der Opa kam mit dem Tankwart im Schlepptau zurück. Der Jaguar wurde aufgetankt, obwohl das Motorrad zuerst da war. Der alte Knacker zahlte, warf sich hinters Steuer und ließ den Motor an. In dem Moment schrillte das Autotelefon los: «Willi Mayer», meldete sich der Alte. Er gab Gas, während er gleichzeitig hektisch mit seinem unsichtbaren Gesprächspartner zu diskutieren begann. Der silbergraue Jaguar machte einen Satz nach vorne und schoss auf die Autobahn hinaus.
Der Lockenkopf sah dem Schlitten wehmütig nach: «Adieu, Jaguar-Lady …», murmelte er.